ŒUVRE

DES

ENFANTS A LA MONTAGNE

PAR

Louis COMTE

SECRÉTAIRE GÉNÉRAL FONDATEUR

PRÉFACE

Du Professeur LANDOUZY

Membre de l'Académie de Médecine

PRIX : **1** FRANC

SAINT-ÉTIENNE

BUREAU DU « RELÈVEMENT SOCIAL »

3S, Rue Fontainebleau, 3S

1902

 ŒUVRE

DES

ENFANTS A LA MONTAGNE

OEUVRE

des Enfants

A LA MONTAGNE

SAINT-ÉTIENNE

BUREAU DU « RELÈVEMENT SOCIAL »

38, Rue Fontainebleau, 38

—

1902

AVANT-PROPOS

L'Œuvre des Enfants à la Montagne fonctionne dans la région stéphanoise depuis neuf ans.

Elle a donné de tels résultats que son Comité, sur la proposition de son dévoué président, M. Fouge-rolle, a chargé le secrétaire général de rédiger une brochure pour en faire connaître les bienfaits et mettre au cœur de quelques hommes et de quelques femmes de bien le désir de fonder des Œuvres simi-laires dans tous les centres industriels de France.

L'esprit dans lequel nous avons conçu notre en-treprise, son organisation et son fonctionnement, les expériences que nous avons faites, constituent une sorte de capital moral et social que nous n'avons pas le droit de garder pour nous seuls.

On prétend, et avec raison, que pour pousser au bien, il faut montrer le bien en action. C'est ce que nous essayons de faire, nous tenant à la disposition

*de tous ceux qui, pour organiser une Œuvre dans
le genre de la nôtre, auraient besoin de renseignements complémentaires et les priant de nous tenir
au courant des projets que cette brochure pourrait
suggérer dans leur entourage.*

*Nous savons de science expérimentale que, sur le
terrain de la solidarité, on ne s'enrichit que dans
la mesure où l'on donne.*

*Nous serions heureux si nous pouvions faire par-
ticiper à ces richesses d'ordre si élevé le plus grand
nombre possible de nos concitoyens. Et qu'on nous
permette d'ajouter : les personnes qui organiseront
une Œuvre des Enfants à la Montagne trouveront,
nous en sommes convaincu, plus de plaisir à faire
du bien aux enfants que les enfants à recevoir ce
bien.*

*Il y a dans ce nouveau sport, qu'on pourrait ap-
peler d'un mot singulièrement expressif, la puéri-
culture, une source inépuisable de jouissances
supérieures de nature à tenter aujourd'hui les
« ennuyés » que tout lasse, que tout blase, que tout
fatigue, et qui vont chercher dans des occupations
et des distractions parfois... étranges « la petite
secousse » sur laquelle ils comptent pour donner
à leur vie un peu de saveur et d'intérêt.*

*Eh bien! puisqu'ils veulent à tout prix améliorer
quelque chose, machine ou animal, race chevaline
ou automobile, qu'ils s'attachent à l'amélioration de
quelqu'un, de la race humaine en général, des
enfants de la classe ouvrière, par exemple, et je
leur promets des « secousses » qui les remueront au*

plus profond de leur être et si, après quelques mois d'entraînement, pour employer leur style, ils ne reprennent pas goût à la vie et ne trouvent pas que celle-ci est bonne et d'un intérêt passionnant, c'est qu'en vérité ils n'ont plus à la place du cœur qu'un viscère atrophié.

Nous prions les personnes qui liront cette brochure avec intérêt de la répandre autour d'elles, de la lire ou de la faire lire dans les associations dont elles font partie, cercles ou universités populaires, de la communiquer aux conseillers municipaux de leur commune, à tous les hommes, enfin, qui détiennent une partie quelconque du pouvoir, afin que sur le nombre il s'en rencontre peut-être quelques-uns qui aient l'idée de fonder une Œuvre analogue.

Du reste, en achetant cette brochure on soutiendra l'Œuvre dont elle rend compte puisque le produit net en sera versé dans la caisse des Enfants à la Montagne, caisse toujours vide, tandis que les coffres-forts des sociétés qui ont exclusivement pour but le plaisir — et quel plaisir! — sont toujours pleins!

PRÉFACE

MONSIEUR,

En une brochure alerte, qu'avec raison vous voulez répandre par nos villes et nos centres industriels, vous faites connaître l' « Œuvre stéphanoise des Enfants à la Montagne » : vous me sollicitez, pour qu'à votre brochure j'ajoute une préface?

Comme si la morale en action, qu'est votre brochure, l' « Œuvre des Enfants à la Montagne », avait besoin d'une préface?

Comme si, en termes simples et lumineux, vous n'aviez pas tout dit sur le but, sur le fonctionnement et sur les résultats de votre Œuvre que d'emblée vous approchez de la perfection?

C'est plus que la lumière et la conviction, c'est aussi la contagion que vous allez disséminer dans nos centres industriels, car nous savons, vous et moi, que, fort heureusement, le mal seul n'est pas contagieux.

Je ne doute pas que vous ne trouviez demain des émules; je ne doute pas que, parmi tous ceux qui vous liront beaucoup — présomptueux peut-être —· ne se prennent de l'ambition de faire aussi bien ou mieux encore que votre initiative féconde a réussi déjà.

Par vous aussi, Monsieur, par votre brochure, par votre Œuvre, nombre de gens, ignorants ou indifférents hier, apprendront demain, que les temps sont venus de nouvelles croisades (croi-sades toutes de paix et de rédemption), où doivent entrer les hommes de bonne volonté soucieux de lutter contre la tuberculose, l'un des trois fléaux qui, chez nous plus qu'ailleurs, déciment les cam-pagnes aussi bien que les villes et abâtardissent la race ; mal évitable puisque la tuberculose a sa source dans la contagion, et que cette contagion est faite autant de misère que d'ignorance.

Vous aussi, vous avez entendu notre appel, et vous avez compris, avec les meilleurs esprits, qu'il y allait du succès de la lutte contre la tuberculose que nous, médecins, nous ne fussions plus seuls à assumer la responsabilité de combattre le mal popu-laire qu'est la phtisie.

Vous avez voulu que l' « *Œuvre des Enfants à la Montagne* » — ayant mêmes visées que l'infinie variété des œuvres qui s'attaquent aux causes préparantes et occasionnelles du mal tuberculeux — devint une des meilleures armes **préventives** que l'on puisse opposer à la tuberculose partout menaçante, plus menaçante encore pour les enfants des villes industrielles, véritables camps de concentration tuberculeuse, où tout est réuni pour faire intense la contagion, où rien n'est organisé pour la défense contre la maladie populaire.

Ayant appris de nous, les médecins, combien, en matière de contagion tuberculeuse, était prépondérant le rôle des causes préparantes et occasionnelles, vous avez voulu, par la vie à la montagne de légions d'enfants, organiser pour eux la protection contre la tuberculose.

Vous avez, vous aussi, entendu nos enseignements ; vous aussi, vous êtes convaincu que ce n'est point assez de faire partout la guerre aux contages ; qu'il faut parallèlement robustifier les enfants si on les veut racheter de leurs vices originels, la résistance à la contagion tuberculeuse étant singulièrement renforcée par la vie au grand air — ne serait-ce que pour quelques semaines — surtout pour les enfants vivant dans les logements des villes, où l'espace est compté, dont le soleil est absent et l'air vicié par toutes sortes de promiscuités.

Grâce à votre Œuvre, des légions d'enfants anémiques, débiles, délicats et lymphatiques, menacés de tomber malades, sont remis sur le chemin de la santé ; c'est que, pendant des semaines, ils connaissent autre chose que l'air raréfié, la stabulation contrainte, la malpropreté des logis d'ouvriers.

Grâce à l'Œuvre stéphanoise, tout un régiment d'enfants, comme de jeunes poulains, ont pu courir sur les gazons, aspirer à pleine poitrine l'air de la montagne et de la plaine. Grâce à vous, la gent infantile de Saint-Etienne a connu d'autres espaces que les préaux étriqués des écoles, que les squares poussiéreux de la ville ; grâce à vous, la gent infantile s'est baignée dans d'autres lumières que dans la pénombre des courettes humides, et il a pu s'ébattre dans d'autres espaces que dans les ruelles enfumées, grasses et puantes de vos quartiers industriels. Grâce à vous, les déshérités de la fortune connaissent, eux aussi, le bénéfice des vacances rurales si indispensables à tous les enfants des villes qu'il n'y a pas d'enfants fortunés qu'aujourd'hui, leurs classes terminées, nous n'envoyions à la campagne, à la montagne ou à la mer.

Ce sont des leçons de choses que, par vos « *Enfants à la Montagne* », vous donnez à tout un chacun : aux médecins, aux pédagogues, aux économistes, aux familles à qui vous apprenez combien, par quelques semaines de courses en plein air, pour nos petits anémiques et pour nos petits scrofuleux, peuvent être évitées de semaines passées à l'hôpital. On ne redira jamais assez tout ce que donne d'élan et de réconfort aux enfants la liberté de vie et de mouvement à l'air pur, au soleil. Il

faut, pour l'apprécier, savoir comment reviennent
de la campagne vos petits citadins, alors que, pendant un mois et demi, vous leur avez fourni les
moyens de jouer aux petits paysans.

Vos chiffres sont là (chiffres que trop de médecins
ne soupçonnent pas, que trop de pédagogues igno-
rent complètement) pour prouver que, en quelques
décades, vos petits citadins ont gagné plus de couleurs, plus de poids, plus de taille, plus de muscles
qu'ils n'avaient su faire à la ville pendant des mois
entiers.

Votre Œuvre, Monsieur, est plus encore qu'une
œuvre d'hygiène thérapeutique mise au service des
enfants déshérités des villes industrielles, c'est une
œuvre d'hygiène morale, puisque votre Œuvre vous
est une manière de prêcher la solidarité, comme
on prouve le mouvement en marchant.

N'est-ce pas la meilleure manière d'enseigner et
de pratiquer la solidarité, que faire en sorte que,
dans votre *Œuvre des Enfants à la Montagne*, par
l'assistance morale et matérielle de tous, soit donnée
à chacun des enfants de Saint-Etienne la plus grande
somme de validité possible, et soit préparée la moindre somme possible de misère physique et morale ;
que faire en sorte que, par l'aide de tous, chacun
de vos enfants reçoive la santé que chacun de nous
souhaiterait à son propre enfant ?

N'est-ce pas prêcher la solidarité (par le but et
les résultats de l'*Œuvre des Enfants à la Montagne*)

qu'éveiller chez tous ceux qui vous liront le sentiment de responsabilité morale et matérielle qui
s'établit entre tous les individus d'une même cité et
d'une même corporation auxquels vous apprenez,
que, dans le bien comme dans le mal, dans la
santé comme dans la maladie, nous sommes tous
solidaires les uns des autres, et que la santé morale
et physique de chacun ne saurait être faite que de
la santé de tous ?

C'est en vertu de ces sentiments de solidarité que
vous agissez, Monsieur, vous et vos généreux collaborateurs ; aussi n'est-ce pas seulement la santé et la
robustesse que vous réussirez à procurer aux
enfants menés à la montagne, c'est encore les principes de solidarité que vous mettrez au cœur de
tous, les persuadant : que la résistance de chacun de
nous aux maladies contagieuses, que la validité de
chacun de nous — en quelque situation que le hasard
de naissance nous ait placés — n'est pas seulement
notre bien et notre santé personnels, mais est aussi
un bien social et communautaire.

Voilà comme, vos « *Enfants à la Montagne* » qui
pourraient, à des gens distraits, apparaître comme
une œuvre visant, à l'endroit de petits citadins, la
meilleure des médecines, la médecine préventive,
est encore une œuvre de haute moralité, travaillant à la santé de l'esprit autant qu'à la santé du
corps des grands et des petits, travaillant à réaliser
le *mens sana in corpore sano*.

Vous excuserez, Monsieur, ces lignes dont la longueur risque d'alourdir votre brochure que vous avez faite, vive, courte et alerte, pour que son vol fût plus rapide par delà nos villes et nos campagnes. Peut-être n'êtes-vous pas à votre premier regret de m'avoir demandé et redemandé une préface? Vous m'excuserez en songeant que vous m'avez imprudemment imposé une tâche dont je ne suis pas coutumier.

Si ces lignes sont plus longues que vous ne les souhaitiez, c'est qu'il m'a semblé que, par modestie apparemment, vous ne disiez pas assez de l'Œuvre stéphanoise, tout le bien qu'elle mérite qu'on en dise; il m'a semblé que le bien qu'elle a fait et qu'elle veut faire, il faut aller partout le dire et le répéter haut et fort, puisqu'il s'agit de rendre les enfants d'hier, qui seront les hommes de demain, plus sains, plus robustes et meilleurs...

Professeur LANDOUZY,
de l'Académie de médecine.

Paris, 20 avril 1902.

ŒUVRE

DES

Enfants à la Montagne

CHAPITRE I

Fonctionnement de l'Œuvre.

L'étranger qui descendrait la grande rue de Saint-Étienne, un matin des premiers jours de juillet, serait très surpris de voir un grouillement inaccoutumé d'enfants et de femmes sur les marches et sous le péristyle de l'Hôtel de Ville.

Et s'il demandait à un passant ce que signifie ce rassemblement extraordinaire de petites têtes brunes et blondes, il recevrait cette réponse : « Ce sont les *Enfants à la Montagne* ».

On lui raconterait que, pendant les mois de mai et de juin, trois fois par semaine, les parents amènent leurs enfants, pour les faire inscrire, dans une salle mise à la disposition du secrétaire général par la municipalité ; qu'ils payent un droit d'inscription de un franc par enfant et s'engagent à verser, en deux ou trois fois, une cotisation en rapport avec leurs ressources, moyennant quoi, dès les premiers jours d'août, on amène tous ces enfants dans la région du Mezenc, pour les redescendre vers le 15 ou le 18 septembre.

On lui dirait encore, à cet étranger, qu'il arrive précisément un matin des trois jours consacrés à la visite médicale, et que là-haut, dans la grande Salle des Fêtes de l'Hôtel de Ville, se trouvaient, il y a un instant, dix à douze docteurs qui examinaient sérieusement et auscultaient tous ces petits bonshommes et toutes ces fillettes ; on ajouterait enfin que maintenant les dames qui ont aidé à faire passer ce petit conseil de revision compulsent les notes qu'elles ont prises sous la dictée des médecins, en regard du nom de chaque enfant, et les font passer au secrétaire général qui, dans un instant, va faire rentrer toutes les mères pour leur indiquer le résultat de l'examen, prier celles dont les enfants sont atteints de maladies ou d'infirmités graves de rester, et donner à toutes des conseils d'hygiène physique et d'hygiène morale.

Si un mois après, le 1er août par exemple, le même étranger repassait par la même place, il serait témoin du même spectacle, avec cette différence cependant que les mères porteraient toutes sous le bras un paquet enveloppé dans une toile grise, avec de grosses lettres brodées au fil rouge ou écrites à l'encre noire.

Et si, fendant la foule, il gravissait le grand escalier qui conduit à la Salle des Fêtes, il serait témoin d'une scène peu banale.

Décrivons-la : Les mères entrent les unes après les autres, suivies de leurs enfants. Ceux-ci sont arrêtés au passage par un docteur qui, rapidement, s'assure qu'ils ne sont atteints ni d'affection de la peau, ni de maladie du gosier.

Cette inspection ne dure qu'un instant, et l'enfant continue sa marche avec sa mère ; mais il est bientôt arrêté par une jeune fille qui épingle sur sa poitrine un morceau de carton rond, portant son nom, son numéro matricule, et une couleur différente, selon l'endroit où il doit se rendre.

Quelques pas plus loin, l'enfant, poursuivant sa marche, est arrêté de nouveau par un monsieur qui le fait monter sur une bascule, et lui remet un morceau de papier sur lequel est inscrit son poids.

De là, l'enfant se rend avec sa mère dans la partie de la salle où se trouvent suspendus des drapeaux de la même couleur que sa cocarde en carton. Là, des dames prennent le trousseau, l'examinent, s'assurent qu'il contient tous les objets nécessaires et, cette inspection terminée, le petit paquet est cousu et placé dans un grand sac, sur lequel on a épinglé la couleur de la cocarde et du drapeau.

Maintenant l'enfant est libre.

Le lendemain, à 5 heures 1/2 du matin, rendez-vous dans la cour de la gare de Châteaucreux. En arrivant l'enfant va se placer sous les drapeaux de sa couleur. Des jeunes gens et des jeunes filles portant sur l'épaule un flot de ruban de la même couleur le reçoivent, pointent sa présence et à 6 heures 1/4, tous les groupes étant formés, le secrétaire général donne l'ordre du départ. Chaque groupe, drapeaux en tête, surveillants devant, sur les côtés et derrière, passe sur les quais de la gare, monte dans les wagons réservés et à 7 heures moins 20, le train s'ébranle.

En route pour Dunières !

Les parents et les voisins échelonnés le long de la voie, juchés souvent sur les toits, aux fenêtres des maisons, agitent leurs mouchoirs et, pendant les 4 kilomètres parcourus dans la ville, c'est une longue acclamation, tandis que les enfants, à la portière des compartiments, chantent à tue-tête le refrain d'une chanson très en vogue à Saint-Etienne :

> Ah ! les voilà parties, les voilà parties,
> Les hirondelles ;
> Ah ! les voilà parties, les voilà parties,
> Pour leur pays.
> Mais elles reviendront, elles reviendront,
> Les hirondelles ;
> Mais elles reviendront, elles reviendront,
> Et resteront !

Le train arrive à Dunières à 8 heures 45.

Vite on descend.

Les groupes se forment Drapeaux en tête, surveillants devant, par côté et par derrière, tout le petit régiment sort de la gare et se rend par trois bataillons dans trois hôtels de Dunières, à la porte desquels se trouvent plantés les drapeaux dont les couleurs indiquent les enfants qui sont attendus.

Rapidement on sert une soupe au lait et, les voitures s'étant avancées, on case tout ce petit monde dans de grandes diligences, traînées par trois forts chevaux.

Les grands montent sur l'impériale avec un surveillant ; les petits sont placés dans l'intérieur avec une surveillante ; ceux qui craignent la voiture, sur le devant et... fouette cocher ! Sur un signal du secrétaire général, toutes les voitures, au nombre de quinze, s'ébranlent, tandis que celui-ci reste le dernier avec un médecin et suit, sur une voiture légère, afin de pouvoir rapidement se porter sur tous les points de la caravane où sa présence et celle de l'homme de l'art seront nécessaires.

Les voitures arrivent à destination, les unes à une heure, les autres à deux heures, d'autres enfin à deux heures et demie.

On se rend tantôt à la Mairie, tantôt à l'Eglise, tantôt au Temple, selon les localités. Les enfants sont immédiatement remis aux parents nourriciers, car ils sont déjà placés, grâce aux soins de nos dévoués collaborateurs de la Haute-Loire. Surveillants et surveillantes se hâtent vers l'auberge ou l'hôtel de l'endroit pour se restaurer, car ils doivent redescendre encore, le soir, à Dunières, où le lendemain matin on leur amènera, pendant trois jours, 400 enfants qu'il faudra conduire dans les villages où on les attend.

Les enfants restent dans la Haute-Loire jusqu'au 15, 17 et 18 septembre.

Le retour s'effectue de la même façon que le départ.

Tous les enfants se réunissent à 10 heures du matin au chef-lieu de leur commune. Appel et contre-appel, adieux aux parents nourriciers, pleurs et quelquefois crises de nerfs de certains enfants qui ne veulent pas revenir à Saint-Etienne.

Hélas ! Ils savent ce qu'ils quittent et ce qui les attend.

Ils quittent l'aisance, le bien-être, des pièces vastes et aérées, les bois où ils allaient courir, les vaches et les chevaux et vont retrouver la misère, la pièce enfermée et enfumée, étroite, surchauffée, peut-être le travail pénible dans les magasins et dans les mines.

La perspective n'est pas réjouissante. Et puis, ces enfants ont un besoin d'affection inouï. Ils se sont attachés à leurs parents nourriciers, ils les aiment au point de les appeler « mon oncle », « ma tante », « papa Un Tel », « maman Une Telle ». Aussi, avant de monter en voiture, on s'embrasse ferme, on promet de revenir et l'on part les poches bourrées de gourmandises, malgré les gros yeux des surveillants qui ont reçu l'ordre de veiller à ce que les enfants n'aient rien dans leur poche pour éviter, en route,

les caprices de l'estomac qui se venge parfois de façon fort déplaisante des violences auxquelles le soumettent nos petits gourmands.

Par contre, dans les paquets, on a mis un gros fromage, un saucisson pour les parents de Saint-Etienne, car il faut bien que ceux-ci aient leur part de la montagne, et nos bons cultivateurs de la Haute-Loire se croiraient coupables d'une malhonnêteté s'ils laissaient partir, les mains vides, leurs petits pensionnaires.

Mais il faut brusquer le départ. Les chevaux sont impatients ; nous avons du reste 25, 30, parfois 35 kilomètres à parcourir avant d'arriver à Dunières où le train nous attend à 4 heures.

Au surplus, nous ne pouvons pas aller très vite ; nos voitures ont une charge trop précieuse pour les lancer à toute vitesse. En outre, nous rencontrerons en route de gros chars attelés de deux ou trois paires de vaches qui descendent des buttes de sapins pour les mines de Firminy et de Saint-Etienne. Il faut être prudent.

Les cochers sont à leur siège, les surveillants à leur place. Tout est prêt. Un dernier cri : Vive Le Mazet, vive Saint-Jeures, vive Freycenet, vive Le Chambon, vive Tence, vive Devesset, vive Montfaucon... les chapeaux et les mouchoirs s'agitent et la première voiture disparaît bientôt au tournant de la route, laissant le village triste, dans les cœurs de nos braves montagnards un grand vide, tandis qu'on entend encore de plus en plus confus, à mesure que les voitures s'éloignent, le refrain que nos petits Stéphanois avaient chanté au départ de Saint-Etienne et qu'ils entonnent maintenant en l'honneur de leurs hôtes qu'ils quittent pour un an :

> Ah ! les voilà parties, les voilà parties,
> Les hirondelles ;
> Mais elles reviendront, elles reviendront,
> Et resteront !

A Tence, à 1 heure, rendez-vous de toutes les voitures qui viennent des différents points de la montagne.

On laisse un instant souffler les chevaux ; on fait descendre les enfants que la voiture a secoués, et à 1 h. 1/2 on se remet en marche. Les quinze diligences, de vraies maisons ambulantes, s'ébranlent et forment un cortége comme jamais noce normande n'en a formé.

A 3 heures 1/4, nous arrivons à Dunières. Il nous faut 3/4 d'heure pour embarquer ce petit monde, prendre les billets et permettre aux employés de charger les bagages.

A 5 h. 3/4, nous sortons du long tunnel de La Ricamarie. En route, nous avons laissé deux escouades de nos petits camarades : l'une à Firminy, l'autre à La Ricamarie.

Les premières maisons de Saint-Etienne bordent la voie. Les fenêtres à l'arrivée, comme au retour, sont garnies de monde. On agite les mouchoirs, on se reconnait, on s'interpelle et nos petits voyageurs répondent aux cris de bienvenue par le refrain très populaire dans nos centres industriels :

> Halte-là, halte-là, halte-là !
> Les montagnards, les montagnards,
> Halte-là, halte-là, halte-là !
> Les montagnards sont là !

Mais le train stoppe en gare de Châteaucreux.

Immédiatement les surveillants descendent sur le quai, les enfants les suivent, se rangent deux par deux et se rendent dans la grande salle d'attente, mise gracieusement à notre disposition par la Compagnie.

Dehors, la cour de la gare est noire de monde. Parents, amis, voisins, curieux, sont venus à la rencontre des montagnards. Il faut donner les enfants à leurs parents.

Comment faire ? Ouvrir les portes, ce serait un écrasement.
Aussi avons-nous un système beaucoup plus simple et
moins dangereux.

Les enfants passent par groupes de cinquante dans une
salle voisine dont la porte s'ouvre sur la cour de la gare.
Cette porte est gardée par une escouade d'agents qui font
le cercle. Les surveillants m'amènent les enfants dans ce
cercle, je lance le nom répété aussitôt par cent personnes.
Le père et la mère s'approchent et je livre moi-même
l'enfant.

Alors, ce sont des scènes touchantes. Quelquefois l'enfant
qui n'a que dix-huit mois ou deux ans, ne veut plus reconnaître ses parents et se met à pleurer, appelant sa mère
nourricière. D'autres fois, ce sont les parents qui, en
soulevant leur enfant pour l'embrasser, crient qu'on le leur
a changé, qu'on a mis des pierres dans leurs poches pour
faire croire qu'il pèse davantage.

Enfin, à 7 heures, tout est fini ; les surveillants se retirent
fatigués, harrassés, heureux d'avoir joué un rôle dans cet
espèce de conte des Mille et une nuits où tout est réel, tout
est vrai et qui se renouvelle d'année en année avec la
régularité d'une institution définitivement établie.

Le lendemain, les enfants doivent se rendre dans un
grand local désigné, pour prendre leur paquet, rendre leur
cocarde et passer à nouveau sur la bascule.

Tel est le fonctionnement de l'Œuvre des Enfants à la
Montagne. Rien de plus simple, comme on peut le voir.
Tout se passe avec un ordre parfait : jamais d'enfant perdu,
jamais d'accident. Toutes les précautions sont prises, du
reste. Les enfants sont assurés contre les accidents ; le
médecin a sa pharmacie portative ; des instructions sévères

et minutieuses sont données aux surveillants, surveillantes et aux cochers, et les enfants sont si bien encadrés,
et le système des cocardes, des drapeaux et des flots de
rubans, est si facile à comprendre par la vue, que nos
petits montagnards passent sans la moindre difficulté des
mains de leurs parents, à Saint-Etienne, aux mains de
leurs parents nourriciers, dans la Haute-Loire.

Mais entrons dans le vif même de l'œuvre et, après en
avoir montré sa contexture extérieure, examinons ce qui
en constitue en quelque sorte l'âme, l'esprit.

CHAPITRE II

Extension de l'Œuvre. — Le besoin crée l'organe.

Celui qui écrit ces lignes ayant constaté l'influence merveilleusement bienfaisante du grand air sur son propre enfant voulut en faire profiter les enfants dont les parents se trouvaient dans l'impossibilité de les envoyer, à leurs frais, à la montagne.

Grâce à la générosité de quelques amis et surtout au concours de deux femmes qui ont le génie du bien, Mmes Rattier et Brustlein, il put, à la fin juillet 1893, placer pendant un mois dans le massif des Cévennes, qui s'étend au pied du Mézenc, cinquante-deux enfants, dont quarante de Saint-Etienne et douze de Lyon.

L'Œuvre des *Enfants à la Montagne* était fondée.

Depuis lors, elle ne s'est pas arrêtée un seul instant dans sa marche ascendante. Quelques chiffres, qu'il n'est pas inutile de citer, le montreront :

En 1893 le nombre de nos petits colons a été de.			52
1894	—	—	160
1895	—	—	237
1896	—	—	367
1897	—	—	349
1898	—	—	635
1899	—	—	923
1900	—	—	1.157
1901	—	—	1.382

On prétend que le mal est contagieux. C'est possible ; mais on oublie que le bien l'est tout autant, si ce n'est plus. Nos Enfants à la Montagne en sont la preuve.

Certes, nous n'avons rien inventé. Ce que nous avons essayé de faire à Saint-Etienne, on le pratiquait en Suisse depuis fort longtemps. Le pasteur Bion, de Zurich, avait le premier réalisé cette idée si touchante de procurer aux enfants pauvres, en été, un peu de cet air vivifiant qui jusqu'alors semblait être le monopole des enfants riches et des petits campagnards. De la Suisse l'idée passa en Allemagne, puis en Norvège, en Espagne même, et vint en France en traversant l'Alsace.

Nous n'avons pas davantage le mérite d'avoir introduit chez nous cette institution aujourd'hui si populaire. C'est M. le pasteur Lorriaux, si je ne me trompe, qui, le premier en France, organisa des colonies de vacances à Paris ; il fut suivi de près par Mme de Pressensé. Les caisses des Ecoles s'emparèrent bientôt de l'idée, et aujourd'hui deux mille cinq cents enfants de la capitale bénéficient des vacances rurales. De son côté, le docteur Delvaille fondait, à Bayonne, il y a fort longtemps, une petite colonie scolaire dont le succès fut complet, tandis que M. le pasteur Grotz, de Nimes, fondait le sanatorium de Vialas.

Nous n'avons donc fait à Saint-Etienne qu'imiter ce qui se faisait ailleurs. Si nous avons eu quelque mérite, c'est de provoquer par notre propagande orale et écrite et par l'exemple la fondation, dans de nombreuses localités, d'œuvres similaires, et d'avoir donné à la nôtre une organisation plus pratique, plus souple, moins coûteuse, plus apte à produire avec un minimum de dépenses un maximum d'effets utiles.

C'est Lyon qui le premier, malgré son titre de capitale des Gaules, n'a pas hésité à emboîter le pas derrière Saint-Etienne Dès 1893, M. Léopold Monod et Mlle Barbezat nous demandèrent de prendre douze enfants auxquels ils s'intéressaient. Ce fut le début d'une importante section qui, cette année-ci, a compté à son actif cent trente colons. Quelques années après, MM. Schulz et Soubeyran, agissant au nom du diaconat de l'Eglise protestante nationale, nous prièrent d'organiser une nouvelle Société qui, chaque été, envoie dans les environs de Saint-Agrève, cent vingt à cent vingt-cinq petits Lyonnais.

Puis, ce fut la Section lyonnaise de la Ligue des Enfants de France qui, sur l'initiative de M. Marius Moutet, marcha sur nos traces et fit bénéficier, chaque année, une vingtaine de ses protégés de l'air des montagnes du Jura.

Enfin, au printemps dernier, la caisse des Ecoles laïques, sur la généreuse initiative de M. le docteur Beauvisage et de M. Blanchon, fonda l'Œuvre lyonnaise des *Enfants à la Montagne*, tandis que M. Sébastien Faure organisait les Pupilles du *Quotidien*. La première a fait bénéficier cent quatre-vingts enfants, la seconde cent vingt-six d'un mois de séjour dans les montagnes.

Mais notre action s'est étendue beaucoup plus loin. A Agen, un avocat, M. Montbrun; à Toulouse, un professeur, M. Gillard; à Alais, un pasteur, M. Poux; à Clermont, M. de Vernejoul; au Havre, M. Allégret, organisèrent, sous différents noms, des œuvres qui se disent filles de la nôtre, et filles dont la mère a le droit de se montrer fière.

Notre région se devait à elle-même de donner l'exemple. Elle n'y manqua pas. Firminy eut sa section grâce à Mme Brustlein et à M. Evard, dès la seconde année; la Ricamarie eut la sienne également; il faut en féliciter le maire, M. Moulin, et son conseil municipal. Rive-de-Gier et Saint-Chamond (1) ne se sont pas laissé devancer dans cette course à la solidarité, tandis que Roanne a eu le privilège de trouver, dans la personne de M. le conseiller général Perrier, un homme qui, du coup, l'a dotée d'une Œuvre des *Enfants à la Montagne* supérieurement organisée.

Enfin, Mlle Stæhling, inspirée par une de nos brochures, a fondé l'Association des souscripteurs pour les colonies de vacances, dont le but est de collecter de l'argent en faveur de ces œuvres.

Et certes, si nous avions le temps de répondre à toutes les demandes de conférences qui nous sont adressées, nous aurions bientôt à notre actif une cinquantaine de nouvelles Sociétés constituées sur le modèle de celle de Saint-Etienne.

En tout cas, qu'il nous soit permis de faire observer que les enfants qui ont pu, l'été passé, séjourner pendant un mois ou un mois et demi à la campagne, grâce aux Sociétés qui sont sorties de la nôtre, dépassent le nombre de deux mille deux cents, c'est-à-dire représentent le tiers des enfants qui, en France, ont composé le personnel des colonies scolaires.

Nos efforts n'ont pas échappé à la presse politique, pas plus, du reste, qu'à la presse médicale, et nombreux sont les grands journaux de Paris et les Revues spéciales qui nous ont consacré des articles élogieux ou qui nous ont demandé d'exposer à leurs lecteurs le fonctionnement de notre œuvre et ses résultats.

(1) Dans la première de ces localités, Mme Hutter, MM. Toussain et Perrin ; dans la seconde, Mlles Slavinska et Mingat, MM. Lévy, Simon et Jouanon se sont dévoués pour assurer le succès de leur section.

Si nous insistons sur la popularité qui s'est attachée de bonne heure aux *Enfants à la Montagne,* c'est pour montrer qu'elle répondait à un besoin dans nos populations ouvrières, s'il est vrai, comme on le prétend, que le besoin crée l'organe. Est-il nécessaire d'insister? Par suite des nécessités économiques, de vastes agglomérations ouvrières se forment autour des usines; les forêts de cheminées se substituent peu à peu aux forêts d'arbres, et les villes s'agrandissent monstrueusement, englobant peu à peu le quart de la population française, les villes « faiseuses d'anges », génératrices d'anémie et de tuberculose. Les ouvriers, à cause de la cherté des loyers, vivent entassés les uns sur les autres. Il n'est pas rare de rencontrer dans une seule pièce sept ou huit personnes ayant à peine trois mètres cubes d'air chacune, c'est-à-dire aspirant à pleins poumons tous les bacilles de toutes les maladies.

Dans de pareils milieux, si les parents qui sont venus de la campagne résistent, les enfants tombent comme des mouches, et ceux qui survivent portent sur leurs pauvres membres toutes les tares du rachitisme.

Ajoutez à cela que la nourriture dans la classe ouvrière est presque toujours ou insuffisante ou irrationnelle. Ajoutez encore que beaucoup d'enfants ont reçu de leurs parents l'empreinte de l'alcoolisme, qu'ils ont les dents agacées du verjus mangé par leurs pères, et vous comprendrez pourquoi la mortalité est aussi élevée chez les enfants des travailleurs manuels et des petits employés dans nos grands centres industriels. Vous comprendrez surtout la nécessité d'arracher ces pauvres enfants, pendant les fortes chaleurs de l'été, à la fournaise ardente dans laquelle ils se consument, pour les transporter au milieu des grands bois, dans les prairies et sur les cimes.

Durée du séjour.

Mais il ne suffit pas, à notre avis, d'envoyer pendant
quinze jours ou trois semaines ces pauvres petits à la montagne. Il leur faut un séjour au moins d'un mois et demi.

Une expérience, en effet, de plusieurs années, nous a
surabondamment démontré que pendant les vingt premiers
jours de sa vie de montagnard, l'enfant ne profite pas ou
peu. Il traverse la période de l'adaptation au milieu. Il a de
la peine à s'habituer à la nourriture lactée. Le pain bis lui
répugne. Chez lui il ne mangeait guère que du chocolat,
du sucre, du pain trempé dans du vin sucré ou dans du
café, des plats de viande fortement épicée, de la charcuterie (1); maintenant on lui offre de profondes écuellées
de soupe aux choux, de gros morceaux de lard, des plats
de pommes de terre et de différents légumes, du fromage,
des œufs et de grands bols de lait. Son estomac n'est pas
habitué à des aliments aussi simples et l'enfant commence
souvent par perdre de son poids, les premiers jours, et
souvent aussi se produit chez lui une faiblesse momentanée
des reins qui se traduit par une incontinence d'urine
plutôt désagréable pour la... mère nourricière.

(1) On ne saurait trop insister sur ce qu'a de défectueux la cuisine
dans la classe ouvrière. Les aliments qui contiennent les principes
nutritifs les plus abondants, comme les légumes secs, en sont presque
bannis. La charcuterie joue un rôle prépondérant dans les familles
quand la mère et les filles travaillent dehors. On fait une consommation de café qui n'a d'égale que la consommation du vin et de l'alcool.
Les enfants ont la même nourriture que les parents, ce qui explique
l'état de délabrement de leur estomac et, en plus, ils mangent à toute
heure. Il est rare de voir un enfant sans un morceau de pain à la
main. Aussi quand arrive l'heure du repas normal, l'enfant n'a-t-il
plus faim.

Il serait indispensable d'instituer des cours de cuisine dans tous les
quartiers, tels que ceux qui sont professés à Mulhouse, à Colmar,
Guebwiller. Dans la lutte contre la tuberculose il ne faut pas négliger
la question de la préparation des aliments et de la tenue de la
maison.

Deux de nos surveillantes, Mlles Billioud et Meyet, dans le rapport commun qu'elles ont rédigé, disent avec raison :

« L'appétit des enfants est presque nul durant la première période des vacances. La nourriture des paysans leur semble tout d'abord étrange et quelque peu rebutante pour leur faible appétit. Ils regrettent le chocolat ou le café de la maison paternelle... mais avec les jeux au grand air, les longues stations mouvementées en plein champ, l'estomac change bientôt d'avis, l'appétit s'éveille et devient formidable. C'est alors que les grosses soupes paraissent excellentes, le pain noir exquis, le beurre, le fromage, le lard de vrais régals. « Ah ! nous disent les parents nourriciers, ils mangent plus du double... Et ils s'en réjouissent ! »

Et il n'y a rien d'étonnant à « ce qu'ils mangent plus du double » quand ils ont, pendant quelques jours, mené la vie que paraissent mener les six gaillards qu'on peut voir à la page suivante. Ils jouent à plus de 1.100 mètres d'altitude, dans un des plus merveilleux sites de montagne qu'on puisse rêver.

Ce n'est donc que dans la seconde période de son séjour que les forces reviennent à l'enfant, que ses joues se remplissent, que ses muscles se fortifient, et c'est précisément le moment qu'on choisit pour le ramener dans la mansarde où il étouffe, dans la chambre étroite et surchauffée où il peut à peine respirer, dans la rue où il absorbe les microbes avec la poussière qu'il avale.

La plupart, en effet, des colonies scolaires, rendent les enfants à leurs parents après trois semaines, un mois au plus de vacances rurales. C'est illogique et cruel. Cruel parce qu'on ne fait qu'ébaucher un semblant de traitement et qu'on enlève ces pauvres petits aux plaisirs des champs au moment où ils commencent à les apprécier ; illogique parce que les frais généraux seraient à peu de choses près les mêmes pour un séjour d'un mois et demi, tandis qu'en ramenant les enfants au bout de trois semaines ou d'un mois. les frais généraux absorbent environ la moitié de l'argent nécessaire pour payer la pension d'un petit colon.

En présence de ces faits d'ordre expérimental, nous n'avons pas hésité, à Saint-Etienne, à prolonger le plus longtemps possible le séjour de nos jeunes amis. Cependant, comme nous les plaçons à une altitude qui varie de 900 à 1.100 mètres, nous n'avons pas cru devoir les laisser au-delà du 18 septembre. A ce moment-là, en effet, l'air est plus vif, les nuits sont fraîches, le temps est parfois pluvieux, souvent brumeux. Nos enfants ne peuvent pas emporter un trousseau pour l'été et un trousseau pour l'hiver. Le mieux est donc de les rendre à leurs parents au commencement de la mauvaise saison.

D'autre part, comme les vacances dans l'enseignement primaire ne partent guère que du 2 au 3 août, nous sommes obligés de limiter à 45 jours la durée du séjour à la montagne. Mais si l'administration n'était pas douée de cet esprit de routine qui fait la joie des vaudevillistes et le désespoir des hommes sérieux, elle ferait partir les vacances du 14 juillet au plus tard. A la mi-juillet, en effet, la chaleur est intolérable dans les villes et il fait si bon sur les montagnes et dans les forêts ! Les enfants ne peuvent plus travailler et ils seraient si heureux de s'amuser là-haut ! Ils bâillent ou somnolent sur leur banc, tandis que les maîtres sont trop raisonnables pour leur donner des devoirs qu'ils sont incapables de faire... Quand donc ouvrira-t-on la cage à ces pauvres oiseaux pour leur permettre de s'envoler vers les grands bois ! Quand il plaira à l'administration de prendre une mesure qu'indique le bon sens le plus commun, les œuvres des Enfants à la Montagne devront adopter résolument comme limite de séjour les deux mois de vacances.

On nous objecte : il faut de l'argent ! L'objection est sérieuse. Elle ne devrait pas nous arrêter un instant si nous vivions dans une société dont les membres seraient tous animés d'un chaud et vivifiant altruisme. Mais comme nous sommes bien obligés de constater qu'en général nos semblables, dans lesquels nous nous comprenons, du reste, ont la possession férocement égoïste, nous devons tenir compte de cette considération.

Eh bien ! oui, l'argent nous fera défaut, mais nous n'avons qu'à limiter le nombre des enfants que nous enverrons à la montagne. Mieux vaut en soigner un petit nombre à fond, qu'un grand nombre à moitié.

J'ai été longtemps partisan du séjour d'un mois; je pensais que cela suffisait et qu'il était juste de procurer au plus grand nombre d'enfants possible les bienfaits et les joies de la vie en plein air. Aujourd'hui, après une expérience déjà longue, j'estime qu'il est infiniment préférable de soumettre nos petits citadins à une cure complète, quitte, si les ressources sont limitées, à restreindre le nombre de ceux dont on s'occupe.

Résultats : Capital santé et capital moral.

Nous n'avons, du reste, qu'à nous féliciter de la décision que nous avons prise, si nous considérons le bien que nos enfants se sont faits par suite de ce prolongement de séjour. Ils sont revenus débordants d'entrain et de santé. En général, le poids qu'ils ont pris est bien supérieur à celui de l'année passée : il est de 1 kilo 605 grammes par enfant, en moyenne. Chez un grand nombre, le gain est presque anormal. Qu'on en juge plutôt par le tableau ci-après :

			Poids gagné
M... Claire.....	Sœurs. Mère veuve; misère. Ont été trois fois à la montagne.	12 ans	2ᵏ900
M... Charlotte...		10 ans	2ᵏ500
G... Françoise...	Très anémiée au départ; une fois à la montagne.	10 ans	2ᵏ600
E... Marie.......	Très anémiée au départ. Père maladif. Trois fois à la montagne.	12 ans	3ᵏ300
E... Antoinette..	Très anémiée au départ. Sœur de la précédente.	10 ans	3ᵏ »
P... Jeanne......		13 ans	3ᵏ »
P... Marius......	Frère de la précédente; maladie de cœur; très anémié au départ.	9 ans	1ᵏ600
V... Jeanne......	Sœurs.	10 ans	3ᵏ »
V... Euphrasie...		8 ans	3ᵏ100
C... Antoine.....	Une fois à la montagne. Frères.	8 ans	2ᵏ »
C... Jean........	Très anémié au départ.	3 ans	1ᵏ500
P... Jean........	Tuberculeux. Père alcoolique.	8 ans	1ᵏ300
G... Benoît......	Trois fois à la montagne; bien portant au départ.	7 ans	2ᵏ500
E... Claudius....	Deux fois à la montagne; très anémié au départ.	8 ans	2ᵏ400
E... Jean........	Son frère. Une fois à la montagne.	3 ans	1ᵏ800
L... André	Mère morte de la tuberculose. Père tuberculeux. Enfant opéré d'un pied bot.	8 ans	1ᵏ950
L... Eugène.....	Une fois à la montagne. Père mort de la poitrine.	7 ans	2ᵏ900
S... Joseph......	Trois fois à la montagne.	10 ans	3ᵏ400
D... Marie......	Sœurs.	8 ans	3ᵏ »
D... Alice......		4 ans	2ᵏ500
B... Louise.....	Frère et sœur.	10 ans	2ᵏ700
B... Eugène.....		8 ans	2ᵏ700
D... Louise.....	Sœurs et frère. Père tuberculeux.	12 ans	3ᵏ300
D... Philibert....		10 ans	3ᵏ300
D... Berthe......		8 ans	2ᵏ300

Tous les enfants toutefois n'ont pas pris un poids aussi considérable. Quelques-uns sont revenus avec un gain de cinq cents et même de deux cent cinquante grammes seulement. Deux ou trois sont rentrés à Saint-Étienne

tels qu'ils étaient partis, si nous apprécions leur état de
santé avec les données de la bascule. Mais on aurait tort
de croire que les bienfaits du séjour à la montagne se tra-
duisent uniquement par une augmentation de poids. Tel
enfant qui à son retour ne pèse pas un gramme de plus
qu'à son départ a cependant du sang plus riche dans les
artères, des membres plus souples, des muscles plus résistants, des poumons plus libres, une poitrine plus solide,
une provision de santé, en un mot, qui lui permettra de
passer l'hiver sans donner prise aux nombreuses maladies
qui le guettent.

Nos bons paysans.

Et qui dira les gains moraux que nos jeunes amis rap-
portent de leur séjour au milieu de cette honnête et labo-
rieuse population du Velay ? Qui pourra jamais mesurer
l'élargissement de leur horizon intellectuel ? Qui pourra
jamais peser le degré d'initiative qu'ils ont atteint en
menant une vie libre, au grand air? Qui saura calculer le
capital intellectuel et moral qui s'est cristallisé, en ce
mois et demi, dans le cerveau et la conscience de nos
petits montagnards ?

Une de nos surveillantes nous écrit : « Mais le corps
n'est pas le seul à bénéficier du séjour à la montagne ; le
caractère aussi y gagne, l'excitation s'apaise, l'obéissance
devient moins difficile, et certaines natures indociles au
début s'améliorent réellement. A beaucoup de ces pauvres
enfants, les bons conseils, les bons exemples manquent
presque totalement; élevés, pour la plupart, dans un
milieu où l'on connaît la misère, ils entendent plus souvent des paroles grossières, des querelles ou des propos
haineux qu'engendre la souffrance, que les réconfortantes
exhortations de la morale... A cette école, ils ne devien-

nent ni respectueux, ni doux. Sans doute, nos bons paysans ne leur font point de longs et touchants discours, mais la vie de famille, l'autorité relativement encore très respectée du père et de la mère, tout les prédispose au bien, et ils subissent l'ascendant de l'exemple mille fois plus puissant pour convaincre que les paroles ».

La même note se retrouve dans les rapports de tous nos surveillants, qui s'accordent à reconnaître l'influence moralisatrice de cette vie si simple passée au milieu de cultivateurs que les tentations de nos grandes villes n'ont pas encore dépouillés de leur vieille et traditionnelle honnêteté, et dont le cœur et la conscience ont souvent gardé toute leur fraîcheur et leur pureté natives.

Nos surveillants ne tarissent pas, du reste, d'éloges sur ces bons cultivateurs. C'est M. Dosmond qui écrit : « Les habitants de Saint-Jeures sont de braves gens aux mœurs simples, menant la vie paisible et régulière des campagnes, se couchant et se levant tôt, et travaillant ferme le jour. Les enfants de Saint-Étienne sont une diversion, une distraction même. Aussi il faut voir comme ils sont bien reçus ».

De son côté, Mme Talmont rend aux parents nourriciers de Saint-André-des-Effangeas ce beau témoignage :

« Ce sont de très braves gens. Ils sont affables, doux, et ont aimé beaucoup nos enfants. Plusieurs auraient désiré garder les enfants qu'ils avaient en nourrice. Au départ il y a eu des larmes versées de part et d'autre ».

Les surveillants du Chambon, de Freycenet, Montfaucon, Le Mazet, Les Vastres, ont rapporté la même impression. Les lettres de Mlle Luigi à Montbuzat, de M. Philip de Barjau à Freycenet, de Mlle Valette au Mazet, de M. Genestoux à Montfaucon et M. et Mme Rondet à Tence, écrites au secrétaire général pendant les vacances sont remplies d'éloges dithyrambiques à l'adresse de ces braves cultivateurs, et notre surveillant général, M. Russier, qui connaît depuis longtemps les paysans de la Haute-Loire, a été témoin de faits qui trahissent autant de délicatesse de sentiments que de bonté.

Un certain nombre de familles, par exemple, ont solli-
cité la faveur de garder gratuitement, jusqu'à la fin des
vacances, leurs petits pensionnaires. Et notez que ces
enfants ne sont d'aucune utilité à leurs parents nourriciers.
La plupart sont trop jeunes pour rendre le moindre service et, du reste, nos conditions sont formelles : nous
défendons expressément que nos enfants soient employés
au moindre travail.

Deux familles de Tence ont poussé plus loin l'esprit de
sacrifice. Elles nous ont proposé d'hospitaliser gratuitement, pendant six mois, trois enfants dont les parents sont
dans une situation des plus misérables.

Il est réconfortant de citer de pareils faits. Ils sont de
nature à réconcilier les plus pessimistes avec l'humanité et
doivent déterminer chez nous un sentiment de honte en
mettant à nu, par contraste, notre égoïsme féroce.

On comprend que dans ces conditions nos enfants soient
tout particulièrement bien soignés. Ils s'amusent souvent
sous la surveillance des aïeules réunies devant la porte de
l'une d'entre elles pour faire la dentelle du Puy. Regar-
dez-les :

Sous leur grande coiffe blanche elles ont, les aïeules, un
air calme et vénérable qui contraste le plus heureusement
avec la figure rieuse des enfants ! Mais que de bonté, que
de bienveillance pour leurs jeunes pensionnaires !

Aussi presque toujours ceux-ci demandent-ils, quand
ils retournent à la montagne, l'année suivante, d'être
placés dans les mêmes maisons. D'autre part, il est très
rare que nous soyons obligés de déplacer nos enfants soit
pour cause de malpropreté, soit à cause des mauvais exemples qu'ils ont sous les yeux. Nous avons dû recourir une
douzaine de fois à peine à cette extrémité, ce qui, on en
conviendra, est insignifiant, quand on songe que plus de
600 familles ont des enfants en pension.

Il est bon de citer quelques lettres d'enfants. Cette prose naïve parlera avec assez d'éloquence pour nous dispenser d'insister sur ce sujet :

Le B..., 4 août 1901.

Chers Parénts

Je vous écris ces quelques mots pour vous dire de mes nouvelles. Je suis en très bonne santé et que j'ai fait bon voyage. J'ai été en chemin de fer avec mes camarades dans le même compartiment, jusque à Dunière puis de là nous somme allé mangé la soupe au riz dans les hotels cela fait que j'ai monté en voiture comme il n'y avait plus de place on m'a fait monté dans la voiture de freycinet. Je vous dirai que je suis chez Monsieur A... avec mes camarades j'en suis très content je suis très bien dans cette ferme la fille du paysan est venu me chercher en voiture j'ai fait très bon voyage en arrivant nous avons été en char pour aller chercher du foin. Pendant qu'on remplissaient les voitures nous avons été cherchez des érelles nous en avons bien ramassé puis a la lueur de la flamme le soir nous avons regardez mes images.

Rien autre a vous dire pour le moment Mes parents nourricier vous envoient bien le bonjours Bien le bonjour à toute la famille et au voisins ainsi qu'a monsieur Comte que je remercie très bien vivement.

Votre fils qui vous aime pour la vie.   S... Claude.

Chers Parents

Je vous écrits ces quelques mots pour vous dire que nous avons fait un bon voyage, et que nous sommes tous très content. Je vais vous dire mes chères parent que nous ne somme pas chez D... nous somme bien mieux nous buvons bien du lait de vache nous nous portons bien nous somme chez guillot un grand fermier l'Alphonse et très content il s'amuse avec Mariuse nous somme ensemble chez guillot l'Alphonse dort bien tu nous écrira si vous ète malade tu nous enverra un timbre et tu nous dira a quand il faudra vous écrire. Jeanne et Mariuse sont très content nous somme très bien il ne sont pas malade nous terminons netre lettre en vous embrassant du fond de notre cœur.

                                        Marie et Jeanne.

Alphonse vous envoi un gros baisser à tous. Réponse de suite.

Sal..., 7 août 1901.

Chère maman,

Me voici arrivée à la montagne. Je suis bien heureuse Je suis pas été fatigué de mon voyage je suis bien placée on est deux dans cette maison mais je suis avec le Mathieu, et moi je suis à Salecrup chez M. Claude D. ils sont très gentil pour moi il y à quatre vache et une chevre je bois beaucoup du lait et je mange beaucoup d'œufs on donne tout ce que je veux nous allons au érelles et au framboises je suis bien couché Je commence à prendre une bonne mine je suis bien fraiche.

Chère maman la petite dont je suis avec elle est bien gentille pour moi car c'est elle qui m'a prêter le papier l'enveloppe et le timbre donc la lettre que je t'écris qu'il en aurait tant d'autre qu'il me l'aurait pas donné elle s'appelle Joséphine D.

Je n'aurais pas pu t'écrire parce mon paquet n'est pas arrivée et elle avait peur la petite que tu tires peine Je suis dans la Haute-Loire commune de Saint-Jeure.

Enfin chère maman je trouverai que les vacances seraient trop vite passé si c'était pour vous voir et vous embrasser toujours.

Je t'envoie mille baisers.

Ta fille affectueuse qui t'aime de tout son cœur,

Mélanie N...

Dev..., le 13 septembre 1901.

Chère Mère

je fait réponse à ta lettre qui ma bien fait plaisir ma sœur et moi nous sommes bien contents en attendant le départ nous nous amusons bien C'est decide que nous partirons le 18 de Devesset a midi Nous savons pas bien a quelle heure nous arriverons Mais en tous cas tu viendras nous attendre a 7 heure à la gare de Chateaucreux. Tu me demande ce que nous mangeons aux repas mais je ne peux pas te le dire car nous mangeons pas toujours la même chose. Mais nous mangeons bien ce qui est l'essentiel. J'envoie bien des compliments à Papa Valentin qui est j'espère en bonne santé En attendant le plaisir de te revoir chere mère ma sœur et moi nous t'embrassons du plus profond de notre cœur et Justine se joint à nous pour bien t'embrasser.

Mathieu P...

St-J..., samedi 4 août 1901.

Chers parents

Vincent il est toujours diable en montant au arbre il a tout déchirés ses pantalon. Nous nous portons tous bien. les nourrissier quand ils on vu que Julie n'y était pas ils étaient bien ennuyer.

Et maintenant dans le pays c'est le moment des cerises et nous en mangeont tant que nous pouvons en manger. J'ai été péché à la ligne et j'en est attrapé une dizaine et une fois quatorzes Cet anné notre nourise elle avait 3 vaches et il en a crevé une et nous avons 2 cochoñ.

Dans la réponse que vous m'évérez vous me direz ou Julie est et vous me direz si le temps lui dure pas.

Et noubliez pas de m'envoillez une timbre a votre réponse. Adieu chère parent.

Je suis pour la vie votre fils dévoué. Pétrus.

Et je voudrai bien savoir si le papa et toujours malade.

Dev..., le 2 septembre 1901.

Chère maman,

C'est avec un vif plaisirs que j'ai reçu ta lettre Mais je savais quoi me penser d'avoir tant resté de vous faire réponse je croiyais que tu l'avais pas reçu et jalais de nouveau écrire. Chère maman nous sommes toujours très bien enfin que nous nous ennuyons pas. Car nous nous amusions bien nous mangeons des serises et des érelle tant que nous voulons. Chère maman la Claudine est toujours un peu tête en lair elle m'écoute pas bien mais elle écoute un peu mieux qu'à Saint-Etienne.

Haute-Loire, le 11 septembre.

Chère Parents

Je vous écrie c'est quelques mots pour vous dire que le départ est mardi prochin vous viendrez m'attende à la gare de chateauneu a 6 heure du soir. Je suis bien contents de partire pour vour embrassez bien fort je vous dirai que Saint-Jeure est un jolie bourg en attendant que j'arrive à Saint-Etienne vous embrasserez bien fort la grosse Fleurie et Bénédicte Monsieure et Madame du rez-de-chaussé. Je vous dirai que dès le premier

septembre j'ai eu mal au dants J'ai été me la fair araché celà
ne m'a rien coûté. Je n'é pas vercé pas, une seul larme car dés
qu'on me la eu arraché elle ne m'a plus fait mal. J'ai appri a
bien mangé la soupe Je boi bien du lait bourrue Je mange des
pommes-de-terre rondes Je m'amuse bien je débaroule les pré
je fais bien des corbisines je mange bien du sarasson j'ai appri
a faire le beure et le fromage j'ai appri à gardé les cochon.

Je vous embrasse bien fort.

Votre petite fille Juliette H...

Mercredi 7 août.

Chère mère cher père cher frères

Je t'écrit c'est deux mots de lettre pour te faire savoir de
mes nouvelles je me porte toujours bien. je vous direz que j'ai
trouvé une bonne place le temps ne me dure pas du tout je
vous direz qu'on n'est bien nourri je vous direz à tous de m'envoyer 1 sous chacun je vous direz que je m'amuse bien avec une
petite qui est avec moi ausitôt que vous aurez reçu une lettre
pour allez m'atendre vous me le direz vous me direz le jour
vous irez m'atendre pour le sure je vous direz que je suis bien
couchez.

Je termine ma lettre en vous embrasent de tout mon cœur.

Marie S...

Ch..., 26 août 1901.

Chers Parents

Je vous trace ces quelques mots de lettre pour vous faire
savoir de mes nouvelles. Je vous dirai que nous sommes arri-
vés en montagne et nous sommes très contents de notre voyage
et personne n'a été malade nous mangeons tous bien notre
soupe et le pain noir et nous buvons bien notre lait et nous le
trouvons bien bon. Georges n'est pas très sage il aime à faire
des niches nous ne sommes pas seuls dans la même maison,
car nous sommes six et Marcelle est dans la même maison que
nous Ne tirez pas peine de nous car nous sommes bien, nous
allons garder les vaches et puis nous montons sur le cheval
nous nous levons quand nous voulons chère mère tu nous feras
une réponse et tu nous enverras une envelloppe pas grand
chose à te dire que bien des compliments à tous.

Henriette G...

Voici, à l'autre page, le troupeau de vaches et les chevaux que Mlle Henriette G... a la douce illusion de « garder ». Vous ne la voyez pas. Rien d'étonnant, elle est avec son frère Georges et ses quatre compagnes dans le bois de sapin où le petit berger les a conduits pour cueillir des airelles.

Etat sanitaire des enfants.

On comprend que placés dans des familles aussi bonnes, aussi dévouées, nos enfants soient bien soignés et à l'abri des accidents auxquels ils seraient exposés s'ils restaient chez eux, ou plutôt s'ils passaient leurs vacances dans la rue, et des maladies qu'ils contracteraient sûrement dans les appartements étroits, surchauffés, mal aérés des quartiers ouvriers.

On est étonné, en effet, de constater combien est remarquable l'état sanitaire de nos petits montagnards. Depuis que notre œuvre fonctionne, nous n'avons eu que deux enfants morts à la montagne. L'un est décédé trois jours après son arrivée, d'une diphtérie qu'il avait contractée à Firminy. Les parents le savaient malade. Ils eurent le grand tort de ne pas avertir la personne chargée d'organiser le départ pour cette localité. C'est depuis cette époque que, la veille du départ, nous faisons visiter par un médecin la gorge de tous nos enfants. L'autre mourut du carreau. Les parents, du reste, avaient été prévenus que leur enfant était très fatigué, qu'il ne reviendrait peut-être pas, mais que, d'autre part, le séjour à la montagne pouvait le guérir, tandis que s'ils le laissaient à Saint-Etienne, sa mort était une question de quelques jours. Ceux-ci voulurent courir la chance ; elle ne fut pas favorable au pauvre enfant.

Mais nous pouvons dire que ces deux morts ne sont pas imputables à l'œuvre.

Une petite fille de 7 ans, F..., a eu une série de furoncles qui ont nécessité son retour à Saint-Etienne quelques jours après son arrivée à Freycenet.

La petite C... avait quitté Saint-Etienne avec un reste de coqueluche. Nous l'ignorions ; sa mère ne nous avait pas avertis, et quand, par deux fois, les médecins l'ont visitée, elle n'a pas eu de quinte. Comme elle paraissait avoir besoin d'un air très vivifiant, nous la plaçâmes dans une ferme située sur les flancs du Lyzieux, à 1.100 mètres d'altitude. Dès le surlendemain de son arrivée, elle contracta une broncho-pneumonie qui aurait pu avoir des suites mortelles si, immédiatement, elle n'avait pas été traitée avec autant de soins par ses parents nourriciers et Mme Brusque, la surveillante, que d'intelligence et de savoir par le docteur Manissol, d'Yssingeaux. Au bout de 15 jours, elle était hors de danger. A son retour, elle était aussi rose et fraîche que ses petites compagnes.

M..., 8 ans, a eu une légère éruption de rougeole. Grâce à notre système de placement isolé, l'épidémie ne s'est pas propagée.

A Montfaucon, il a fallu ramener deux enfants : l'une, Ch. Marie, souffrait de végétation dans l'oreille ; l'autre, Th. Louis, avait une chute du rectum. Ces enfants, du reste, avaient contracté leur maladie avant de venir à la montagne.

Quelques enfants ont souffert des yeux, mais ils étaient atteints avant leur départ, puisque le docteur Chiaffard, un spécialiste bien connu, avait eu l'obligeance de les visiter.

Un petit garçon a été victime d'un accident que son surveillant, M. Dosmond, raconte de la façon suivante :

« Les petits accidents sont inévitables avec un aussi grand nombre d'enfants jouissant d'une liberté relative. D'autre part, ces enfants qui savent si bien se débrouiller dans un embarras de voitures et de tramways, à la ville, se cassent bêtement un bras ou une jambe en montant, ou plutôt en descendant d'un arbre. Tel est le cas d'un jeune étourdi, à qui on avait bien défendu de monter sur les chevaux et sur les vaches de la maison. Comme on le savait capable de désobéir, on le surveillait étroitement quand il était à proximité des animaux. Mais on avait compté sans un veau de quelques semaines, qui restait paisiblement à l'étable, pendant que le troupeau était au pâturage. Qui se serait douté que le veau eut également besoin d'être interdit et qu'un enfant de sept ans se serait avisé de s'en servir comme de monture. C'est cependant ce qui arriva. Mais le veau se démena si bien que le bambin, peu rompu à ce genre d'exercices, tomba assez maladroitement pour se faire une entorse au bras. Ayant conscience de sa faute, il eut le courage de supporter la douleur en silence, mais on s'aperçut vite à la gêne de ses mouvements qu'un accident lui était arrivé. On le mena chez le médecin qui ordonna des compresses, et 8 jours après l'enfant était guéri. C'est le seul accident arrivé aux 130 enfants de Saint-Jeures. »

Un accident qui aurait pu avoir des suites beaucoup plus graves est celui dont fut victime la petite C..., âgée de 6 ans. En jouant dans la cuisine, elle fit basculer le couvercle de la marmite remplie de soupe bouillante. L'eau rejaillit sur ses cuisses ; il fallut la ramener à Saint-Etienne et la placer à l'Hospice de l'Enfant-Jésus, où le docteur Guinard l'a soignée avec autant de distinction que de désintéressement. L'enfant C... est complètement rétablie, et grâce à quelques greffes humaines habilement pratiquées, les traces de la brûlure ont disparu.

Du reste, les notes des pharmaciens et des médecins dans la Haute-Loire n'a pas dépassé la modique somme de 30 francs, preuve incontestable que l'état sanitaire de nos enfants a été de tout point satisfaisant. Et c'est merveille, en vérité, que sur une population enfantine aussi considérable, il n'y ait pas de plus nombreux et de plus graves cas de maladies et d'accidents.

Placement dans les Familles.

Comme cette expérience dure depuis 9 ans et qu'elle a toujours donné d'excellents résultats, nous en concluons que si notre système de placement n'est pas parfait, il est, du moins, fort acceptable, et cette considération suffit pour que nous n'éprouvions pas le besoin de l'échanger contre un autre.

On sait, en effet, que nous plaçons nos enfants chez les cultivateurs par groupe de deux en moyenne, quelquefois de trois, et même, mais très rarement, de six.

Ce système nous permet de laisser l'enfant dans la famille, son milieu naturel, de lui accorder une liberté relative dont il ne jouirait pas, certes, dans un établissement spécial, où la discipline nécessaire, obligatoire, l'empêcherait de profiter d'une partie des bienfaits de la vie des champs, et lui enlèverait toute initiative.

Regardez, du reste, ces cinq petits stéphanois, frères, sœurs, cousins et cousines. Ils font partie de la famille. En parlant de cette magnifique ferme ils disent « ma maison ». Et comme ils sont libres ! comme ils peuvent jouer, courir, crier, chanter, sans craindre la voix sévère du maître !

Il est bon, d'ailleurs, que nos petits citadins s'initient aux travaux et aux cultures agricoles. Sans doute, personne ne les oblige à conduire les vaches aux champs et à suivre le laboureur dans le sillon, mais ils prennent plaisir à accompagner le berger ou la bergère, à monter sur les chars, à faire paître les bœufs, à faner ou à ramasser les gerbes, et de cette façon ils acquièrent, en

s'amusant et en prenant des forces, des connaissances qui élargiront singulièrement dans la suite leur cerveau d'ouvriers d'usine et d'atelier.

Plus tard peut-être, quand ils seront grands, que les usines regorgeront de bras, que les commandes se feront rares et le travail peu rémunérateur, ils se rappelleront leur séjour à la campagne, ils sauront qu'ils peuvent, là-haut, pendant l'été, trouver des occupations faciles chez de braves gens qu'ils connaissent, et il en résultera un va-et-vient d'ouvriers de la ville à la campagne aussi profitable à ceux-ci qu'à celle-là, puisque, du coup, les ouvriers de l'industrie se referont la santé dans ce travail en plein air, tandis que l'agriculture profitera de ce secours inespéré de main-d'œuvre.

A un autre point de vue, n'est-il pas à souhaiter que les populations des villes et celles des champs se pénètrent de plus en plus, afin qu'elles comprennent bien l'étroite solidarité qui relie leurs intérêts et qu'elles arrivent à cette conception très haute des choses qui montre l'unité parfaite d'aspirations qui doit exister entre tous les groupes, toutes les catégories du corps social ?

Mais si, regardant les choses de moins haut, nous nous plaçons sur un terrain plus pratique, nous arriverons à la même conclusion : le placement dans les familles est le placement idéal pour une double raison qu'il importe d'indiquer.

D'abord il est beaucoup moins coûteux. Et cela se comprend. Avec ce placement on n'a pas de frais d'installation, d'entretien de bâtiment, de personnel ; en outre, l'enfant partageant les repas de la famille n'augmente pas les frais généraux. Le prix de sa pension est en grande partie bénéfice pour les parents nourriciers, qui n'auraient pas vendu un litre de lait, un kilogramme de pommes de terre ou un décalitre de blé en plus s'ils n'avaient pas eu ce pensionnaire qui a vécu en surplus.

Voilà pourquoi les cultivateurs de la Haute-Loire se contentent de cinquante centimes par jour et par enfant.

Sans doute, cette question d'argent ne saurait nous déterminer à adopter ce placement si nos enfants devaient en souffrir. Sous prétexte de réaliser quelques économies, nous ne soumettrions pas nos jeunes amis à un régime qui leur serait défavorable ; nous préférerions en prendre la moitié moins et avoir pour eux les soins même les plus coûteux, ne visant, en définitive, qu'un seul but : leur santé.

Mais puisque ce placement dans les familles a donné d'excellents résultats, son bon marché est une raison nouvelle pour nous le faire préférer à tous les autres.

Nous devons ajouter que notre système présente un immense avantage, celui de soustraire nos enfants aux terribles éventualités d'une maladie contagieuse qui pourrait éclater dans un établissement où seraient groupés cent ou deux cents pensionnaires.

Quand un de nos enfants a la rougeole, la coqueluche ou telle autre maladie contagieuse, il nous est facile de faire le vide autour de lui, de l'isoler dans la ferme qu'il habite. Il nous serait impossible d'agir de même si nous groupions sous un même toit tous les enfants, pour lesquels il nous faudrait, du reste, un personnel très nombreux et fortement rémunéré.

Surveillantes et surveillants.

Du reste, nos enfants ne sont pas abandonnés dans les familles où nous les plaçons et livrés à eux-mêmes jusqu'au jour où nous les rendons à leurs parents. Nous ne cessons pas un seul instant de les suivre de très près, de veiller sur eux et de nous informer, jour après jour, de ce qu'ils font, de la manière dont ils se conduisent à la ferme, de leur état de santé et de leur moralité.

C'est dans ce but que nous avons complété le système de placement dans les familles par le système des sur-

veillants et des surveillantes, qui sont nos collaborateurs
d'autant plus précieux qu'ils nous prêtent leur concours
avec un désintéressement au-dessus de tout éloge.

Nos surveillants sont, à vrai dire, les chevilles ouvrières
de notre organisation. C'est sur eux que repose l'œuvre
toute entière ; c'est à eux que doit revenir tout l'honneur
des succès que nous avons remportés.

Quelle est leur fonction, en effet ? Leur fonction consiste
à visiter soixante-dix ou quatre-vingts enfants placés dans
trente ou quarante familles. Ils doivent s'assurer que nos
pupilles sont traités avec bonté, bien couchés, bien
nourris, tenus proprement. Si les enfants n'ont pas pour
leurs parents nourriciers les égards qu'ils leur doivent, le
surveillant les réprimande affectueusement et tâche de les
amener à une notion plus exacte de leurs devoirs envers
les excellentes personnes chez lesquelles ils sont placés.
Ce sont aussi les surveillants qui sont chargés de cor-
respondre avec les parents, le cas échéant ; de leur donner
des nouvelles de leurs enfants quand ceux-ci sont trop
jeunes pour écrire, et enfin de tenir le secrétaire général
au courant de tout ce qui se passe dans la Montagne.

Leurs fonctions sont délicates, certes ; leurs courses
sont parfois fatigantes, mais ils sont amplement récom-
pensés de leur peine quand, dans leur tournée de visites,
ils se trouvent en présence d'un tableau d'une beauté
aussi sévère, d'une poésie aussi saine que ce Millet des
hauts plateaux cévenols que vous apercevez ci-contre.

De temps en temps ils réunissent une partie des enfants
dont ils ont la surveillance et leur font faire une prome-
nade, pendant laquelle ils causent avec eux et tâchent
d'opérer une cure morale, tandis que le grand air des
cimes se charge de la cure physique.

Nos surveillants sont admirablement reçus par les
parents nourriciers. Les premières années ils étaient

regardés avec défiance, un peu comme des espions qui venaient dans les familles pour questionner les enfants et prendre quand même et dans tous les cas leur parti. Aujourd'hui les paysans ont compris que surveillants et surveillantes étaient pour eux un appui, des auxiliaires précieux. Ils savent qu'ils peuvent compter sur eux si leurs pensionnaires ne sont pas convenables et ont besoin d'une réprimande ; aussi maintenant des liens de confiance mutuelle et même d'affection se sont-ils établis entre nos surveillants et les cultivateurs, et l'on ne sait, en vérité, lesquels ont le plus à se louer des autres.

Un surveillant général résidant au centre même des cinq cantons, ou fractions de canton, que nous avons choisis pour placer nos petits citadins, est chargé de se transporter partout où sa présence est réclamée, soit pour transmettre rapidement les instructions du secrétaire général, soit pour résoudre certaines difficultés qui exigent la présence d'un homme parlant avec autorité et représentant le pouvoir central.

Nos surveillants sont tenus, à la fin des vacances, de rédiger un rapport sur les enfants dont ils ont été chargés et sur les parents nourriciers. Grâce à ce système, nous connaissons toutes les familles, et si quelques-unes ne nous paraissent pas dignes de recevoir des enfants, nous les rayons de notre liste pour l'année suivante.

Nous avons ainsi la certitude de mettre nos petits colons dans des foyers très chauds et très honnêtes, où ils ne reçoivent que de bons exemples, et sont soignés comme les enfants de la maison.

Neutralité religieuse et politique.

Du reste, pour le choix des familles, nous sommes admirablement secondés par les curés, les pasteurs, les maires, les instituteurs et les notables de l'endroit. Ils rivalisent de zèle et de dévouement pour nous seconder dans notre tâche.

C'est qu'en effet notre œuvre n'a rien d'une œuvre sectaire. Nous faisons appel à toutes les bonnes volontés, de même que nous prenons les enfants de toutes les Eglises, comme aussi les enfants des libres penseurs.

Nous ne nous préoccupons en aucune façon des convictions politiques et religieuses des parents.

Dès que nous apercevons de l'anémie sur un pauvre petit corps ou des traces de tuberculose ou de rachitisme, nous l'envoyons à la Montagne, sans nous soucier de savoir si ce misérable déchet d'humanité s'assied sur les bancs de l'Ecole congréganiste ou sur ceux de l'Ecole laïque. Et quand nous nous trouvons en présence d'un petit juif, nous éprouvons pour lui les mêmes sentiments de pitié que s'il s'agissait d'un petit chrétien. Tant pis pour ceux qui nous blâment de pratiquer cette large et sereine tolérance qui n'est autre chose que la manifestation du sentiment profond de la justice dont nous nous efforçons de faire notre régulatrice et notre inspiratrice.

C'est ainsi qu'en 1901 sur 1.382 petits colons nous comptions, en chiffres ronds, 250 protestants et 10 israélites. Les autres étaient catholiques et, parmi ces derniers, 280 environ fréquentaient des écoles congréganistes.

Naturellement, cet éclectisme n'est pas du goût des fanatiques. Nous n'en sommes nullement surpris. Mais nous restons persuadés qu'en procédant avec cette largeur et en nous plaçant au-dessus de toutes les questions qui nous divisent, nous sommes dans le sens de la vérité. Cela nous suffit pour nous donner l'enthousiasme nécessaire à l'accomplissement de notre œuvre, qui devient ainsi une œuvre de pacification sociale, en même temps qu'une œuvre de régénération.

Et quand, en effet, ces braves petits devenus grands se retrouveront au cours de la vie, dans les réunions publiques, ils seront plus bienveillants les uns envers les autres en se rappelant le temps où ils communiaient ensemble dans le sentiment de la nature, et où ils couraient la main dans la main à travers les prairies et les bois de sapins.

Dans ce moment-ci, on creuse tellement de fossés entre les hommes, on élève de si hautes cloisons étanches, qu'il est bon, de temps en temps, au nom de la solidarité, de la vraie fraternité et de la justice, de combler ces fossés et de donner quelques violents coups de pied dans ces cloisons factices, pour les faire voler en éclat et laisser les cœurs au moins des enfants se rapprocher, puisque les cerveaux des pères sont séparés par des opinions si contraires.

Le secrétaire général fondateur de l'œuvre est un pasteur. Il est au mieux avec les curés de la montagne. Il va chez eux, les attend à la sortie des vêpres, comme on peut le voir dans la gravure ci-contre.

C'est le moment où le vénérable curé de Saint-André-des-Effangeas va sortir de son église. Le pasteur Comte arrive sur l'automobile de M. Vidon, conseiller général de Bourg-Argental, et dans un moment curé et pasteur vont deviser sur la place publique, à moins qu'ils n'entrent au presbytère pour se rafraîchir.

Honni soit qui mal y pense !

Aide fraternelle et non pas aumône.

Si nous respectons les convictions des parents, si nous ne nous permettons pas le moindre attouchement sur la conscience des enfants, nous respectons également leur dignité et évitons tout ce qui pourrait les diminuer à leurs propres yeux.

C'est pour cela que nous avons repoussé dès le début de

l'œuvre le principe de la gratuité complète, principe, du reste, qui est souverainement injuste et qui habitue insensiblement les ouvriers à tendre la main.

Il nous a paru que chaque famille devait contribuer, dans la mesure de ses moyens, à l'entretien de ses enfants dans la Montagne, afin que nous puissions prendre, moyennant une très faible contribution, les pauvres petits dont les parents sont réduits à l'extrême misère.

Qu'on remarque, en outre, que les parents qui versent une contribution en rapport avec leurs ressources ont le sentiment d'avoir fait un effort; il ne leur semble pas qu'ils aient reçu la charité; ils se sentent rehaussés dans leur propre estime, et le bienfait retiré par leurs enfants de ce séjour à la campagne leur paraît d'autant plus précieux qu'il leur a coûté davantage.

Les parents semblent, du reste, le comprendre, puisque, outre les 1.382 francs d'inscription, ils ont versé le joli denier de 8.000 francs. Il est vrai qu'ils avaient promis de verser 10.500 francs, mais la misère est telle dans ce moment-ci que nous éprouvons comme un serrement de cœur très douloureux lorsqu'il s'agit de recouvrer les sommes qui nous sont dues.

On ne se figure pas, en effet, les misères en présence desquelles nous nous trouvons. Sans doute, parfois, cette misère est la conséquence de l'inconduite du père ou de la mère; quelquefois de l'un et de l'autre, mais souvent aussi elle a pour cause la maladie, les enfants nombreux, le chômage forcé par suite du manque de travail, et nous éprouvons alors le sentiment de notre impuissance à rendre ces pauvres petits êtres à la santé, à en faire des corps robustes, résistants aux maladies ambiantes.

Pendant un mois et demi ils ont mangé à leur faim, c'est vrai, ils ont respiré l'air pur, c'est encore vrai ; mais pendant dix mois et demi ils n'absorbent qu'une très insuffisante nourriture et respirent un air dont chaque centimètre cube doit contenir des milliers et des milliers de microbes de la tuberculose.

Et cette horrible maladie progresse toujours et l'on sent bien que pour la combattre avec succès il faudrait à toutes les mesures hygiéniques, recommandées avec raison par les médecins, ajouter, pour les enfants du moins, une période de bien-être qui permettrait sinon la suralimentation, du moins l'alimentation ordinaire.

Pauvres petits! il faut les voir quand on les passe au conseil de révision, c'est-à-dire quand, un mois avant le départ pour la montagne, ou pour la mer, les docteurs les auscultent! que de déviations d'épines dorsales! que d'infirmités! que de plaies sèches ou purulentes! que de membres grêles! que de corps de sept ou huit ans pour un enfant qui en a dix ou douze! Et nous laissons tout cela pousser, végéter, graines d'hôpital, futurs clients des bureaux de bienfaisance ou d'asiles, foyers de gangrène sociale et morale, car beaucoup de ces enfants ne pourront jamais, si on ne s'occupe d'eux, se développer normalement et leurs tares physiques, dont ils ne sont pas responsables, engendreront des tares morales dont ils seront encore moins responsables, à coup sûr!

CHAPITRE III

———

Nous avons tenu à démontrer, en quelque sorte, le rouage de notre œuvre afin que les personnes qui nous ont témoigné quelque sympathie, veuillent bien nous la continuer maintenant qu'elles connaissent dans le détail notre organisation.

Nous savons tout ce qui nous manque ; nous connaissons nos lacunes, nos déficits et si nous ne les comblons pas, c'est tout simplement parce que nous n'en avons pas les moyens.

Nous tenons cependant à les signaler afin que si, comme nous l'espérons, d'autres veulent nous copier, ils nous copient en nous corrigeant.

Le vestiaire.

Il faudrait doubler notre œuvre d'un vestiaire sérieusement organisé, c'est-à-dire grouper un certain nombre de femmes, femmes de la bourgeoisie et femmes du peuple, qui, pendant tout l'hiver, confectionneraient des costumes pour nos futurs colons.

Le trousseau, en effet, du quart environ de nos enfants est dans un état lamentable. Sans doute, nous exigeons bien que les pièces qui doivent le composer nous soient apportées la veille du départ et nous soient montrées avant de les coudre dans un sac en toile ; sans doute, nous répétons sur tous les tons que tous les effets doivent être en bon état, bien propres et bien raccommodés, mais le moyen de rester inexorable si le trousseau ne remplit pas ces conditions, lorsqu'on songe que plus celui-ci est misérable, plus l'enfant auquel il appartient a besoin d'un peu de bien-être et du grand air ! On se laisse attendrir, on accepte des bas *importables,* des robes rapiécées, des pantalons qui sont des loques, des vestes qui ne tiennent que par un reste d'habitude, on ajoute à ces nippes une ou deux pièces neuves et... l'on compte sur le beau temps et sur la bonne volonté des braves paysannes pour raccommoder ce qui fut autrefois une blouse, une robe ou un pantalon. Résultat : les parents nourriciers se plaignent et les enfants s'enrhument.

(1) Outre le costume que les enfants portent le jour du départ, le trousseau doit être composé des objets suivants :

Pour les jeunes filles

1° Deux paires de bas de rechange ; 2° deux chemises ; 3° trois mouchoirs ; 4° un tricot de coton ou de laine ; 5° un fichu ou pointe ; 6° une robe et deux tabliers pour tous les jours ; 7° une paire de sabots ou de galoches ou une paire de souliers de rechange ; 8° un peigne.

Pour les garçons

1° Deux paires de chaussettes ou de bas de rechange ; 2° deux chemises ; 3° trois mouchoirs ; 4° une blouse et un tablier pour tous les jours ; 5° un tricot de coton ou de laine ; 6° une paire de sabots ou de galoches ou une paire de souliers de rechange.

Tous ces effets doivent être en bon état, bien propres et bien raccommodés, mis dans un sac qui est cousu seulement après que les effets ont été visités par les personnes chargées de recevoir les paquets.

5

Nos surveillants sont tous unanimes à reconnaître l'in-
suffisance du trousseau.

C'est M. Genestoux qui écrit dans son rapport :

« Le trousseau était insuffisant pour ce qui concerne la
chaussure. Les enfants ont souvent des habits très mauvais,
ce qui nécessite un travail fréquent de raccommodage. »

C'est Mlle Valette, surveillante au Mazet, qui se plaint
que les vêtements ne sont pas assez chauds.

Ce sont Mlles Billoud et Meyet, surveillantes à Devesset,
qui constatent que le trousseau était plus satisfaisant que
celui de l'année passée, mais elles ajoutent qu'il était loin
d'être parfait.

« Les parents, disent-elles, ont tort de n'envoyer, le plus
souvent, que des vêtements déjà usés ; le luxe n'est point
utile à la montagne, mais la solidité est de rigueur : des
pantalons et des robes très rapiécés, des tabliers et des
blouses qui datent de longtemps n'offrent point une résistance suffisante pour les longues récréations de ces
heureuses vacances. Il en est de même pour les chaussures.
Là encore il faut du solide, je dirai même du neuf. Que le
sac contienne aussi plutôt des vêtements chauds que légers
et en somme que les habits ne soient pas très laids. Les
parents nourriciers sont très fiers de pouvoir, au moins le
dimanche, habiller gentiment leurs petits pensionnaires...
et il est rare qu'ils n'aient pas soin de ce qu'on leur
confie. »

Mme Talmont écrit de son côté, de Saint-André-des-
Effangeas : « Nous avons été obligés de confectionner des
vêtements pour la plupart des enfants. »

Il est vrai que Mme Talmont avait à surveiller des enfants
venus d'une localité où pour la première fois fonctionnait
l'Œuvre des Enfants à la Montagne et où, par conséquent,
on manquait d'expérience.

Mlles Mossé, au Chambon, font entendre la même note :
« Nous trouvons le trousseau incomplet ; si l'on ne peut
augmenter le vêtement en général, il faudrait, au moins,
qu'il fût en bon état au départ. »

Aux Vastres, la commune la plus éloignée, Mlle Malescot se plaint aussi du trousseau ! « Les vêtements des petits garçons sont en général en mauvais état. Ce qui serait indispensable pour le séjour à la montagne, ce serait un pantalon de velours et une blouse noire. Les parents nourriciers se plaignent d'être obligés de raccommoder tous les jours. Ils n'ont pour la plus grande part aucun vêtement chaud, ce qui serait de rigueur. »

Enfin M. Dosmond insiste à son tour sur la nécessité de mettre dans le trousseau un vêtement chaud. D'après lui « le meilleur, du moins pour les garçons, serait encore un bon vêtement de velours qui, à la solidité, joindrait le mérite de pouvoir se porter par toutes les températures. »

Mettre un vêtement chaud dans le trousseau, voilà certes un excellent conseil, mais si pour faire un civet il faut un lièvre, il est bon de ne pas oublier que pour se procurer des vêtements chauds il faut de l'argent ou... de la bonne volonté de la part de ceux qui savent donner.

Et c'est pourquoi nous ne saurions trop engager les personnes qui organiseront une œuvre similaire à la nôtre de fonder, à côté, un vestiaire dirigé par des dames qui se chargeraient de confectionner des chemises, des robes, des tabliers, et qui recevraient, après avoir été désinfectés, les costumes pour garçons qu'on voudrait bien leur envoyer.

Nous avons à Saint-Etienne un vestiaire semblable dirigé par Mmes Passepont et Orgeas ; malheureusement, les dames qui s'en occupent sont peu nombreuses et disposent de ressources très limitées. Pourquoi, en effet, ne le dirions-nous pas ? Notre œuvre n'est pas vue avec faveur par la classe bourgeoise, à cause même de son caractère de large tolérance.

Nous ne récriminons pas. Nous sommes très persuadés qu'ils sont de bonne foi ceux qui nous accusent de faire œuvre de sectaires. Le temps peut-être leur ouvrira les yeux et si, malgré tout, ils persistent dans leur erreur et se tiennent à l'écart, nous nous consolerons en pensant qu'ils font profiter d'autres enfants de leurs libéralités.

Qu'importe, en effet, que le bien se fasse par l'intermédiaire de Pierre ou de Paul ; l'important c'est que le champ de la misère, de la souffrance et de la dégradation se rétrécisse sans cesse.

Quoi qu'il en soit, nous faisons appel à tous ceux de nos lecteurs qui, vivant à la campagne ou dans des milieux aisés, n'ont pas de misères à leur portée. Nous nous offrons volontiers pour être leurs mandataires et pour distribuer les vêtements qu'ils voudront bien nous envoyer.

Sanatorium.

Voici une autre lacune. Si nous étions vraiment fraternels, elle ne devrait pas nous arrêter cinq minutes. Après tout, que faudrait-il pour la combler? Quelques milliers de francs, c'est-à-dire une vétille quand on songe, d'une part, aux sommes formidables qui se dépensent en futilités, et deviennent souvent des causes de démoralisation et, d'autre part, aux avantages sociaux qui résulteraient d'une partie de cet argent employé dans un esprit de profond altruisme.

Nous sommes obligés de refuser chaque année un grand nombre d'enfants dont la santé exige soit l'isolement, soit un traitement particulier. Tels sont les coquelucheux, les enfants dont les yeux sont atteints d'affection purulente, et dont les membres sont couverts de plaies, conséquence de la tuberculose.

Pour ces chers p s, il nous faudrait un sanatorium dans les environs de Saint-Étienne, c'est-à-dire à proximité de quelques médecins dévoués à notre œuvre.

Une ferme intelligemment aménagée suffirait pour commencer. Il y a, à sept ou huit kilomètres de Saint-Étienne, une région admirablement située pour recevoir un sanatorium : c'est la région du Pilat, où l'on trouve des altitudes de 1.200 mètres, loin de tout village et de toute habitation.

Une somme de cinq à six mille francs suffirait pour les frais de première installation, et chaque enfant reviendrait à un franc par jour.

Il faudrait, en effet, une quarantaine de lits et leurs accessoires, deux dortoirs, trois chambres pour les personnes attachées à l'établissement, du linge, un peu de batterie de cuisine, une salle de bain, quelques appareils de gymnastique, et ce serait tout.

On ferait deux fournées par an. Quatre-vingts enfants pourraient passer trois mois dans cet établissement et revenir à Saint-Etienne sinon guéris, du moins en bonne voie de guérison, et deux ou trois saisons au sanatorium les mettraient définitivement à l'abri de l'horrible maladie dont la société, la plupart du temps, est responsable.

Quelle pitié! On ne trouve pas d'argent pour arrêter toute cette vie qui s'écoule, pour sauver tous ces pauvres petits êtres qui n'ont pas demandé de venir au monde, qui n'y font leur apparition que pour souffrir, dont l'existence, si elle se prolonge, sera une charge pour la société, et l'on trouve tout l'argent que l'on veut pour organiser des parties de plaisir où l'on dépense dans une nuit le budget de dix familles ouvrières, et pour fonder et entretenir des hippodromes, sous le vague prétexte d'améliorer la race chevaline!

On parle beaucoup dans ce moment-ci, et avec raison, de la dépopulation de la France, mais le meilleur moyen d'empêcher la France de se dépeupler, c'est encore de conserver les enfants que nous avons et de leur donner une robuste santé, afin que plus tard ils ne deviennent pas procréateurs de gâtisme et de rachitisme.

Aussi longtemps que nous n'aurons pas créé ce sanatorium, nous regarderons notre œuvre des *Enfants à la Montagne* comme une œuvre incomplète, comme une plante vigoureuse et d'une belle venue, mais une plante qui ne porterait pas de fleurs au printemps.

Demi-colonies.

Je ne sais plus quel est l'homme d'esprit qui a dit :
« Quand on fait des châteaux en Espagne, on ne saurait
les faire trop beaux. Ils ne coûtent pas davantage ».

J'en dirai autant des perfectionnements qu'il faudrait
apporter à notre Société pour lui permettre de rendre son
maximum d'effet utile. Sans doute, il en coûterait bien un
peu plus, mais, en vérité, une question de gros sous doit-
elle nous empêcher de montrer l'idéal à ceux de nos concitoyens qui, peut-être, n'attendent qu'une vision très nette
de leur devoir pour l'accomplir? Ils ont le nerf de la
guerre. Montrons-leur la terre sainte à délivrer, c'est-à-dire
l'immense armée des petits tuberculeux à guérir, et ils
marcheront.

Il y a toute une catégorie d'enfants très nombreux que,
pour des raisons multiples, les parents ne peuvent pas ou
ne veulent pas nous confier. Et cependant ils ont besoin,
tout comme les autres, du grand air. Pour ceux-là il faudrait instituer les *demi-colonies de vacances,* qui réussissent
admirablement à Berlin.

Je m'imagine qu'il serait facile de réunir, en dix à douze
groupes, à Saint-Etienne, un millier d'enfants qui, sous
la conduite de personnes jeunes, pleines d'entrain et de
gaieté, iraient passer la journée à la campagne, et revien-
draient le soir, à la nuit, chez leurs parents. Nous avons à
proximité de notre ville des sites merveilleux. Il suffit de
marcher pendant un quart d'heure pour atteindre des altitudes de sept cents mètres et plus. Ne sommes-nous pas
coupables de ne pas en profiter ?

Rien de plus facile que cette organisation. Il suffirait de
s'entendre avec un fermier pour préparer le repas de midi
et donner le goûter de quatre heures, et les enfants, de

huit heures du matin à sept heures du soir, respireraient
le bon air et seraient soustraits à l'influence de la rue.

Nous n'inventons rien. Ce que nous proposons se fait
depuis longtemps à Berlin. Le docteur Landouzy, dans la
Presse médicale, parle avec éloge de ces *demi-colonies* :

« A Berlin, les *demi-colonies* sont faites pour les enfants
moins faibles et même bien portants, à qui, pendant les
grandes chaleurs, on a voulu procurer, pendant une large
demi-journée, le bénéfice des vacances plus complètes qui
ne manquent pas aux enfants des classes aisées.

« De midi à huit heures, les enfants sont emmenés hors
la ville, dans les bois et près des lacs entourant Berlin ;
transportés (gratuitement) par trains spéciaux, tramways
électriques, bateaux à vapeur et omnibus, ils débarquent
devant l'abri spécial, le baraquement léger installé spéciale-
ment pour eux dans la forêt ou près d'un lac. Le goûter,
lait et tartines, est servi sur de longues tables ; puis ce
sont les jeux, les promenades, les bains, les chœurs chan-
tés. A sept heures, sur les mêmes tables, se dresse le sou-
per ; à huit heures, on retourne à la ville pour recommen-
cer le lendemain, car c'est, chaque jour, pendant les
vacances, que les enfants sont ainsi conduits hors la chaleur et l'odeur malsaine des villes, retrempés dans l'air
pur, exercés en pleine nature ».

Et le docteur Landouzy ajoute quelques observations
qu'il nous plaît de nous approprier, car nous les avons
mille et mille fois répétées sous une autre forme et avec
moins d'autorité que l'éminent praticien :

« Rien ne serait moins onéreux étant donné le but poursuivi, les résultats obtenus, car les dépenses, en l'espèce,
deviendraient productives, nos écoliers se refaisant, durant
ces quelques jours de manœuvres de santé, un capital de
forces qui rendrait au décuple à la Ville de Paris les sommes déboursées. On ne sait pas assez combien, par quelques journées de courses en plein air, pour nos petits anémiques et scrofuleux, peuvent être évitées de semaines
passées à l'hôpital. On ignore trop encore tout ce que,

dans le développement de l'enfance, arrêtent, pervertis-
sent, compromettent l'air vicié, l'immobilité contrainte, la
malpropreté. On n'imagine pas assez tout ce que donne
d'élan et de réconfort la liberté de vie et de mouvement à l'air
pur, au soleil. Il faut, pour l'apprécier, savoir comment
reviennent de la campagne nos petits citadins, alors que
pendant un mois ils ont joué aux petits paysans. Les chiffres sont là pour prouver que, en quelques décades, ils ont
gagné plus de couleurs, plus de poids, plus de taille, plus
de muscles qu'ils n'avaient pu faire, à Paris, pendant des
mois entiers. »

J'estime que tous frais compris, pour 0 fr. 35 on pourrait procurer à un enfant les bienfaits d'une journée à la
campagne, lui donner un bon repas à midi et le goûter à
quatre heures et avec le surplus, payer deux personnes
par groupe de cent enfants, pour les surveiller.

En vérité, quand on songe aux insignifiants sacrifices
qu'on aurait à consentir pour procurer force, santé, vie,
entrain, aux pauvres petits enfants dont les figures lamen-
tablement anémiées, amincies, nous apparaissent comme
des figures de revenants, on se demande comment les
riches peuvent jouir en toute tranquillité de leur fortune,
et dépenser leurs revenus d'une façon aussi inintelligente
que férocement égoïste.

Quand on a à proximité des bois comme celui dont nous
reproduisons l'oraie, n'est-on pas coupable de laisser les
enfants dans les rues en été, comme si les forêts n'étaient
pas faites par le bon Dieu pour les oiseaux et les enfants !

Agent spécial.

Mais toutes les améliorations dont nous venons de parler
ne sont possibles qu'à la condition d'avoir un agent spécial
dont toute l'activité serait consacrée à notre œuvre.

Celle-ci a déjà pris un tel développement, qu'elle exige un employé qui s'en occupe exclusivement.

Jusqu'en 1899, le secrétaire général faisait à lui seul toute la besogne. En 1900, le Comité lui adjoignit un secrétaire, M. Vimard, du 1er juin au 31 septembre. Cette année-ci, M. Convers, étudiant en droit, a rempli ces fonctions ; mais malgré l'aide précieux qu'il a trouvé en lui, le secrétaire général aurait été débordé s'il n'avait rencontré en M. Gerin-Roze, notre vice-président, un collaborateur qui n'a épargné ni son temps ni ses forces, soit pour l'inscription des enfants, soit pour l'organisation du départ et du retour.

En plus, MM. Blanc, Dussauze et Gerin-Roze fils, se sont très aimablement mis à la disposition du secrétaire général pour faire des écritures aussi longues et fastidieuses que celles qui consistent à reproduire cinq ou six fois les noms, âges et adresses des enfants, soit pour les placer, soit pour obtenir des billets de circulation, soit pour dresser les listes des voitures, celles des surveillants, etc.

Sans ces bonnes volontés, nous aurions été incapable de mener à bien cette organisation. On comprendra, par conséquent, qu'elle reconnaissance émue nous leur devons.

Mais nous ne pouvons pas compter d'une façon régulière sur une collaboration qui dépend de mille circonstances et qui ne saurait jamais être qu'intermittente, car les personnes qui nous prêtent leur concours sont des fonctionnaires, des employés ou des commerçants, dont les occupations professionnelles ont des exigences qui ne cadrent pas toujours avec celles de notre Société.

Mais il est tout un autre côté de notre œuvre de régénération que nous sommes obligés de négliger totalement faute d'un homme dont l'activité toute entière serait consacrée, serait tournée dans ce sens.

La cure de nos petits montagnards ne sera complète que le jour où nous pourrons la continuer à Saint-Etienne pendant toute l'année. Nous ne devrions pas abandonner nos enfants quand ils reviennent de la Haute-Loire. Nous devrions les suivre chez eux, dans leur famille, à l'école, et les entourer de soins physiques et moraux pour les aider à devenir des hommes et des femmes normalement constitués.

Je me représente donc de la façon suivante l'activité de cet agent. Après le retour des enfants à la montagne, il les réunirait tous les jeudis dans une grande salle pour exercer sur eux une action morale. Il leur parlerait, leur adresserait quelques conseils d'hygiène, des exhortations pour créer en eux des germes de vie morale et sociale. Le chant serait un élément précieux de succès. Il organiserait pour les petites filles, avec le concours de femmes dévouées, des écoles de couture et de cuisine. Il grouperait tous les petits montagnards en une Société de culture morale et d'aide mutuelle. Il lui serait facile de donner à chaque jeune sociétaire un carnet, sur lequel jeudi après jeudi serait collé un timbre en échange des vingt-cinq ou cinquante centimes versés par l'enfant et, en été, ce dernier aurait ainsi économisé la somme nécessaire pour aller passer quarante-cinq jours dans la Montagne.

Ce n'est pas tout : notre agent visiterait l'enfant dans sa famille ; il en profiterait pour donner à ses parents quelques conseils d'hygiène qui, bien suivis, transformeraient le foyer, y implanteraient des habitudes d'ordre, de propreté, de sobriété et de curiosité intellectuelle, dont les conséquences seraient inappréciables.

Cet agent deviendrait bientôt l'ami, le conseiller de toutes ces familles. Il connaîtrait les besoins de chacune d'elles. Il saurait s'il faut habiller tel ou tel enfant, s'il est utile de donner une paire de souliers à l'un ou de galoches à l'autre, s'il est juste de n'exiger que la moitié ou le quart de la pension, ou même si on peut ne rien exiger du tout.

Enfin, cet agent organiserait une clinique pour nos enfants, clinique dirigée par quelques médecins dévoués. Nous n'en manquons pas, fort heureusement. Ainsi chacun de nos petits amis aurait son livret individuel, sur lequel on inscrirait tous les renseignements qui le concerneraient, tous les progrès qu'il réaliserait ; on le suivrait de cette façon dans son développement, et on pourrait en faire un homme robuste et utile, tandis que si on l'abandonne, il deviendra une non-valeur sociale, s'il ne devient pas un de ces malheureux qui vivent en marge de la société, et sont pour elle des poids morts ou des délinquants.

Nous permettra-t-on encore ici de faire observer que ce que nous rêvons pour la France, en général, et pour Saint-Etienne, en particulier, a été réalisé en Allemagne? Il faut lire à ce sujet le travail de M. Fridler intitulé : « Choses d'Allemagne : la défense contre la tuberculose ; colonies de vacances » pour voir avec quelle remarquable intelligence nos voisins ont organisé chez eux la lutte contre le rachitisme et la tuberculose des enfants par le double système des colonies ou des *demi-colonies* de vacances en été et des *Winterpflege* ou assistance de l'hiver.

Il existe à Berlin deux cent trente-huit comités de plein fonctionnement. « Ces comités permanents, dit le docteur Landouzy, ne cessent plus de suivre et d'examiner les enfants de leur circonscription, soit pour les faire participer à la *Sommerpflege*, assistance de l'été, soit à la *Winterpflege*, assistance de l'hiver, si bien qu'au total, à propos de l'envoi d'écoliers aux colonies de vacances, l'œuvre finit par veiller en tout temps sur leur santé et leur hygiène, exerçant ainsi, à leur endroit, la meilleure des médecines, la médecine préventive. Cela pour le plus grand bien d'êtres débiles vivant constamment dans un état de gêne et de misère, source et commencement de maladies.

« En somme, sous raisons et sous résultats de vacances à passer à la mer, à la montagne ou à la campagne, l'œuvre allemande assume une tâche plus étendue que l'on pourrait croire, puisqu'elle poursuit en tout temps la surveillance de l'enfant au delà de l'école, jusque dans ses foyers. Par le but poursuivi, par les résultats obtenus, l'œuvre allemande mérite pleinement le nom qu'elle porte d'*Hauspflege*, assistance au foyer. »

CONCLUSION

Ce que font les Allemands, des Français ne pourraient-ils pas le faire ? surtout quand il suffit de quelques billets de mille francs ! Allons donc ! Vous verrez que dans quelques années d'ici les colonies de vacances, scientifiquement organisées, prendront tous les enfants de nos grands centres industriels pour les mener à la Montagne et, l'hiver, continueront l'œuvre de régénération commencée sur ces chers petits en les soumettant à une surveillance continue pour leur assurer tous les bienfaits de l'hygiène physique et de l'hygiène morale.

Il serait intéressant d'expérimenter ces idées, de réaliser ces réformes dans un centre tel que Saint-Etienne. Les résultats, nous en sommes convaincus, en seraient excellents. De Saint-Etienne notre œuvre essaimerait, comme elle l'a déjà fait, et deviendrait génératrice d'œuvres semblables dans tous les grands centres.

Un jour peut-être pourrons-nous faire passer cet idéal dans la réalité. Qui sait s'il ne se trouvera pas quelque part, un homme ou une femme aussi riche de cœur que d'argent, qui sera jaloux d'employer à cette œuvre, si noble de régénération de l'enfance, une partie des ressources dont il dispose.

En Amérique, ce sont des rôles analogues que s'attribuent certains milliardaires ; en France la mode de ce sport peut se répandre et ce seront les millionnaires qui auront à cœur de rendre aux enfants de la classe ouvrière, sous forme de santé du corps et de la conscience, ce qu'ils doivent aux pères et aux mères de ces pauvres petits qui ont été, en définitive, un des facteurs les plus importants de leur fortune.

Et après tout, en écrivant cette brochure, en essayant de susciter d'ardentes sympathies pour les colonies de vacances, nous avons le sentiment très net de n'avoir pas seulement fait appel aux sentiments altruistes dont un certain nombre de personnes se moquent le plus agréablement du monde, nous avons aussi invoqué l'intérêt général et l'intérêt de chacun.

Il importe, en effet, de faire des muscles solides, des corps résistants, des cerveaux clairs, des consciences droites et des cœurs très chauds, si nous voulons non seulement que l'espèce se continue, mais qu'elle s'améliore et que les conditions de bonheur par le bien-être matériel et moral soient à la portée du plus grand nombre possible ; il importe aussi que les causes de tuberculose et de rachitisme diminuent dans toutes les classes de la société, car nous ne vivons pas séparés les uns des autres par des cloisons étanches. La loi de la solidarité s'exerce dans le mal avec autant de régularité et de force que dans le bien et quand elle s'appelle contagion, ses effets se font sentir sur les classes riches tout comme sur les classes pauvres.

Le docteur Landouzy l'a fait observer avec infiniment de raison :

« Il y va de l'intérêt des familles aisées de se soucier, elles aussi, de cette question comme de toutes celles qui regardent la santé publique ; à défaut des nobles sentiments de solidarité, l'égoïsme ne pousserait-il pas à souscrire à l'Œuvre des colonies de vacances, puisque, la santé de chacun étant faite de la santé de tous, il ne saurait être indifférent à personne que, par le monde, le nombre des tuberculeux contagionnants allât en diminuant au lieu de progresser. »

Nous resterons sur ces paroles de l'éminent praticien et nous dirons :

Si votre cœur et votre conscience sont incapables de vous inspirer les devoirs d'altruisme qui vous incombent de par votre situation sociale, que du moins votre intérêt bien entendu vous dicte les mesures rationnelles à prendre pour empêcher un abâtardissement de la race dont vous serez les premiers à souffrir et à souffrir plus que les autres, puisque vous aurez plus à perdre.

Louis COMTE,

Secrétaire Général Fondateur.

Saint-Etienne. — Sté de l'Imp de « La Loire Républicaine », rue de la Bourse, 26.

www.ingramcontent.com/pod-product-compliance
Lightning Source LLC
Chambersburg PA
CBHW060458260626
47161CB00005B/2153